面對困難沒有退縮
生死關頭且能無私奉上

# 火海豪情 消防員 Fire Fighters

突發組豪哥 著

「坊間許多人都說，如果是當差人，怎樣都要做阿頭，因為最危險的工作，都會交由下屬去處理，自己在背後指指點點，便可以交差。

但是做消防員卻是相反，基於傳統的習慣，每每最危險的工作，都由現場最高級的消防隊長去做，要身先士卒，做一個良好示範作用給下屬看，冒上最大的危險。」

——高級消防隊長招成就（1950-1983）
摘自《鋼線灣奪命在風》

# 目錄

# Case 01

# 嘉禾大廈死亡之火

# DEADFIRE

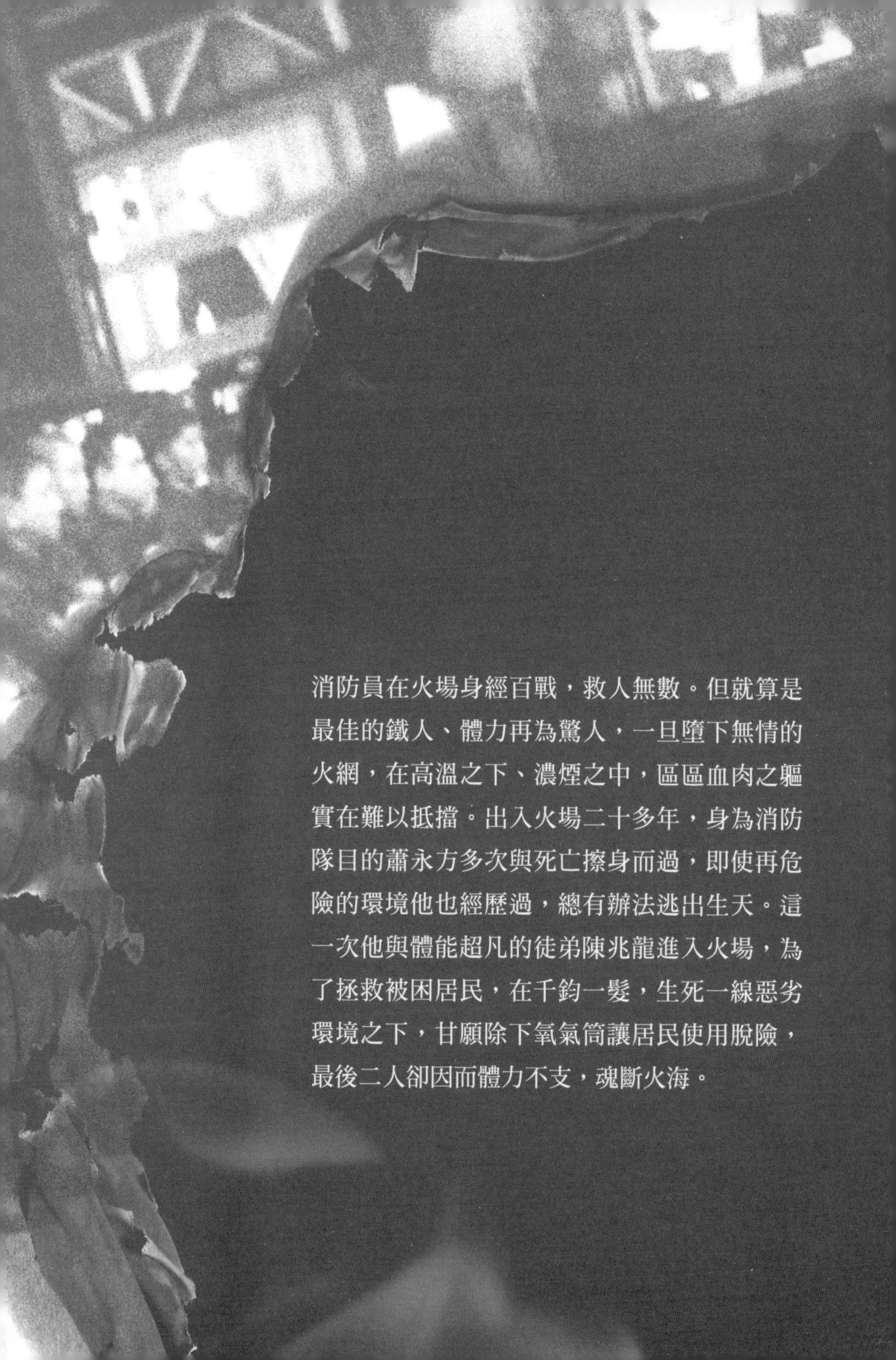

消防員在火場身經百戰，救人無數。但就算是最佳的鐵人、體力再為驚人，一旦墮下無情的火網，在高溫之下、濃煙之中，區區血肉之軀實在難以抵擋。出入火場二十多年，身為消防隊目的蕭永方多次與死亡擦身而過，即使再危險的環境他也經歷過，總有辦法逃出生天。這一次他與體能超凡的徒弟陳兆龍進入火場，為了拯救被困居民，在千鈞一髮，生死一線惡劣環境之下，甘願除下氧氣筒讓居民使用脫險，最後二人卻因而體力不支，魂斷火海。

蕭永方拖住徒弟陳兆龍的手，在濃煙滾滾中跌跌撞撞。不要以為黑煙沒有實體，會像一層輕飄飄的薄霧。如果你有機會在火場出入過，就會明白到，濃厚的煙團，彷彿是一個無形的巨人，又似一副若有若無的磚牆，你大力撞過去，全身上下都會赤赤痛。

做了二十多年消防員，身為消防隊目的蕭永方出生入死許多次，每次死神都是擦身而過，經歷過各種危險的環境，他總是覺得自己好幸運。又或者這樣說，他對於自己的實力太有信心，相信無論環境如何險惡，他都有辦法逃出生天。而在十九年前，他亦是險些喪身火海，全靠當時的師傅陳政瑜將他救出。

但是今次情況有點特殊，他對於徒弟陳兆龍的體能實力最清楚，假如連陳兆龍都吃不消，陷入半昏迷狀態，自己也不會支持得太久。

當然，蕭永方即使已經四十多歲，但他一向有鐵人之稱，特別引以為傲的是他有一個鐵肺，忍耐力比常人高幾倍。

所以即使眼前伸手不見五指，蕭永方還是保持鎮定，他鐵信，以自己過去二十多年來的苦練和經驗，一定可以掙脫死神的魔爪。

## 一旦倒下再難翻身

可是，他的徒弟陳兆龍，情況卻進一步變壞，阿龍的雙腳發軟，只能拖住他向前慢慢走，蕭永方彷彿聽到自己的肺部在嘶叫、在萎縮，吸入太多的濃煙，肺管有如火燒一樣灼痛。

兩師徒不斷掙扎，如果換了是普通人，可能一早便已經倒下，只因為這兩個人都是消防員中的精英，受過長期訓練，體能亦有異於常，而且明白到一旦倒下，永世都不能再爬起來，才會用盡死力向前衝。

蕭永方大力大力地呼吸，一啖啖熱氣灌入肺管，面對危險，他仍然有信念，憑住自己的勇氣，加上過往亦經歷過九死一生的經驗，他深信今次也有機會逃出生天。

所以即使他的呼吸愈來愈困難，體內的灼熱感覺幾乎可以噴火，他都捉緊徒弟陳兆龍的手臂，因為在他的記憶深處仍然緊緊記住，當年就是他的師傅，同樣挽住他的手，在火海之中突圍，生生死死不離不棄。

嘉禾大廈發生五級大火，霎時間整幢大廈濃煙密佈。

# 嘉禾大廈死亡之火

蕭永方的綽號「蕭公子」，除了因為他甚具明星相的俊朗五官，亦因為他一向注重體能的訓練，長年累月之下，胸肌和腹肌都練得像鋼鐵一樣堅實，儼然是個鐵錚錚的硬漢子。但強壯的外表下，他待人態度溫文，能夠剛柔並重，同袍間對他極為尊重，所以稱之為「蕭公子」。消防局有任何對外活動，都將「蕭公子」推出來，讓大家留下一個良好的印象。

2008年8月10日星期日，上午9時20分，因為是假期關係，市面比平時寧靜，連車聲亦較平素安寧。

旺角彌敦道嘉禾大廈，突然冒出一股濃煙，分成幾條黑柱，向街心擴散，不過幾分鐘時間，半條街都被籠罩，本來陽光艷艷，頃刻之間，有如黃昏日落，街上聚集了大批行人，都好奇地駐足而觀。

「小事啦，香港地對於大廈的消防管制好嚴格，普通火燭，只係好平常，唔可能發生大件事。」

「咁嘉利大廈呢？」

「一間叫做嘉禾，一間叫做嘉利，都好邪！」

圍觀的途人你一言、我一語，愈講愈令人感到心寒，而冒出街外的濃煙，亦不尋常地變濃變厚，一下子彷彿變成一條黑街，途人遠在幾百碼外，也感到嗆鼻的濃煙，紛紛掩住口鼻，步步遠離黑煙。

## 娛樂場所漏電累事

其實，這只不過幾分鐘的時間，已經聽見消防車刺耳的聲音，香港的消防局分佈在各處鬧市的中心，服務承諾可以在六分鐘內趕到，應付突發的場面。再隔半分鐘，已有多輛消防車到來，立即開喉灌救。

出事地點的樓下是一間舊式娛樂場所，可能漏電的關係，加上有太多易燃物，而梯間的走火通道又未有照足規矩掩閉，因此大量的濃煙除了向街心直冒，亦向樓上擴散，到場負責的消防隊長，立即派人上樓，協助將受困的居民疏散。

綽號蕭公子的蕭永方最先帶人上樓，身經百戰的他一馬當先，衝到上三樓，首先將十幾名受盡驚嚇的居民救下。他們都是剛從睡夢中驚醒，但見濃煙密佈，不敢上天台，亦不敢走下樓，只能困在住所中顫抖。慶幸有消防員出現，他們立即拉住救星的衣服，一個接一個走落街中。

蕭公子帶同徒弟陳兆龍一起並肩作戰，當他們帶了第一批居民落樓之後，迅速又返回火場，其實距離起火時間，前後不過十三分鐘，現場已經列為三級大火，由於濃煙太勁，擴散得太快，顯然不受控制，必須加派人手處理。

## 有如置身火焰山

憑過去經驗，這場火來得太急太勁，亦由於火場太過熾熱，捲起一股火燙的氣流，碰到哪裡，哪裡便會起火，所以蕭公子亦要打醒十二分精神，每行前一步，都要提心吊膽，好像死神在前方守候，隨時會張開猙獰的巨手。

他和陳兆龍一層一層樓向上走，沿途都協助惶恐不安的居民離開，部分帶到樓下。但過了一會，有些樓層已經成為一個火網，血肉之軀無法迫近，只可以隨同蕭永方和陳兆龍走上樓。去到十二樓，兩人筋疲力竭舉步維艱，與生俱來的本能，已感到一種不祥的預兆。

當其時，仍有六、七名居民跟隨在他們身邊，以他們訓練有素，都感到有如置身火焰山，普通人更加抖不過氣。一個個氣若游絲，眼看便要葬身火場。蕭永方和陳兆龍心中有數，明白到只要他們兩人的體能，再堅持多上一層，就可以上到天台，有機會等待直升機救援，又或者可以爬過毗鄰大廈，即可逃出生天。

## 除下氧氣筒給居民

但他們計算過，同行的住客情況愈來愈見不妙，如果勉強下去，分分鐘「全軍覆沒」，以他們的職責，又不可以見死不救，在最緊急的關頭，作出了最艱難的決定，就是一起除下氧氣筒，讓同行的居民呼吸。

按照正常情況，以他們的體能，隨時可以忍住一至兩分鐘的呼吸，可以一口氣衝上天台。所以兩人除下氧氣筒，仍是信心十足，一定能夠獲救。

他們教導居民，如何使用氧氣筒，要一個個輪流呼吸，然後保持體力，小心跟隨他們的背後，只要見到天台透出的光線，便可以脫險。

然而置身這個火煉獄，一切都不可以當作正常事物來看，在濃煙滾滾的影響下，眼前只剩下一個黑色的圍牆，連身邊的人都無法看見。居民還可以輪流呼吸氧氣，身體靠住身體，僥倖捱到上天台。

消防員不斷向位於閣樓的新華夜總會射水。

## 感受無助恐懼

但極度混亂之中，失去氧氣筒的蕭永方兩人反而落後，每行一小步，卻像天長地久，最慘是不能長期閉住呼吸，即使是微微呼一口氣，肺部便似著火，連五臟六腑都似油炸的感覺，甚至可以感到皮一層層地溶脫。

入行這麼多年，蕭永方只有兩次出現這種無助的感受，一個人無論有多大的自信，到了這個田地，才徹底明白到一個人的力量是多麼渺小。

對上的一次，是他的師傅帶住他離開火場，那時候蕭永方剛入行，只有經驗尚淺，若不是有師傅在旁教路，許多年之前，蕭永方相信自己早已不在世上。連同這番是第二次，那一種極度恐懼的滋味又在心頭出現，先前有多大的自信，都要被現實擊潰。

他唯一所能做，只有死命拖住徒弟陳兆龍的手，即使自己遭遇不幸，最少都有一個人可以脫難，讓大家了解他們出事的經過。

在火網的夾擊之下，蕭永方都打定輸數，預計自己此生難逃一劫，但他仍相信，當年的故事會輪流轉，師傅死去，自己獲救，如今只會重複上演，自己犧牲，陳兆龍保住一命，直到蕭永方吸入最後一口灼熱的空氣，瞳孔慢慢放大，他仍以為陳兆龍會捱到上天台。他絕對想不到，今次的命運比起當年師傅和自己的遭遇更加慘烈。

## 火警升為五級

其實，這場特大火警最先發生在9時20分，在9時43分已經升為三級，到10時23分再升四級，消防處派出二百多名消防員，出動五隊煙帽隊，四十輛消防車，依然無法控制，所以在12時18分將之升為五級。

在最大火的時候，整條彌敦道和亞皆老街都變成一條名副其實的「黑街」，除了出事的嘉禾大廈，毗鄰幾幢大廈的居民，都忍受不了嗆鼻的濃煙，紛紛逃出街中，有許多人還以為發生了煤氣大爆炸，趕緊逃命。

當其時，接近三百名消防員趕至，逐漸將火場包圍。而這場火所以一發不可收拾，皆因大廈有多道防煙門被人打開，以致產生了煙囪

陳兆龍被救出之後，即由同袍展開搶救，惜已返魂乏術。

只差十幾步，二人便可抵達天台逃出生天。

效應，就和1996年嘉利大廈一樣，整幢大廈的核心，都變成一座大焗爐，發出足以令人皮焦肉裂的高溫。再加上梯間有太多雜物，而密佈的娛樂場所又有太多易燃的物料，造成一個殺人的陷阱，故此能夠在短時間內成為災難性的大火，消防處幾乎派出九龍區大半的精英，才能在下午一時許初步將火控制。

## 延誤分秒足致命

在救人期間，簡直兵慌馬亂，有一名年老住客被救下時證實死亡，而蕭永方和陳兆龍亦已從內部通訊系統發出求救訊號。

高層收到訊息，明白在高溫超過一百五十度的火場核心，只要延誤幾分鐘，已經足以致命，初步將兩人的位置確定，便派出兩隊煙帽隊分成上下兩路進行搶救。

在下路的消防員一開始便遇上困難，有如進入了火焰山，勉強上到三樓，已被迫折返，只有由鄰廈進入嘉禾大廈天台的一路人馬比較順利，預備由高層向下搜索。他們還有一個期望，但願憑蕭永方的經驗，加上陳兆龍年輕力壯的體能，一早便逃出火海。

只可惜，搜索隊在十五樓轉角位，即是距離出路不過十幾步，便發現蕭永方和陳兆龍分別伏在地上，背上的氧氣筒已經解下，如果他們可以再支持十幾秒，或者已可脫險。

## 不敢用直升機救援

各人將他們救上天台，本來想用直升機火速將兩人送院，但是擔心像上次嘉利大廈，因召來直升機到來時投下水彈，大廈會受到直升機的扇葉有如抽氣扇的效應，將火勢加旺。所以這次不敢重蹈覆轍，其他消防員只能先為他們做心外壓，不過兩人毫無反應，面色更變為灰黑色。

最後只能採取權宜之計，將兩人抬上擔架，搬到毗鄰大廈，再送到地下轉院，同袍都向他們祝福，希望蕭永方福大命大，像上次他得到師傅救出一樣，可以逃過死劫。

但不幸的是，死神似乎從來都在他的身旁窺伺，一有機會便會伸出血手，蕭公子逃得過上次，走不過今次，最令人傷感的，就是他自己枉送一命，連徒弟陳兆龍也一樣遭殃。

## 一流訓練三流設備

分析今次出事原因，主要有三個：

第一、梯間的防火門未能發揮作用，以致起火太過迅速，加上煙囪效應，整條樓梯都是一條死路。

第二、本港的消防員訓練有世界上第一流的水準，但是裝備上卻連第三流都談不上，特別是火場內的通話器材，在高溫境界隨時失靈，有資深消防員指出，為求保命，有個別消防員不理指引，每次進

陳兆龍兄長手捧遺像，與眾親友在浩園送弟弟走完人生最後一程。

入火場，都會帶同手提電話，因為一旦通話器失靈，也可以打電話求救。當然，這樣做也要冒上絕大的危險，因為手機在高溫之下，有可能爆炸，權衡兩害，亦難以取捨。

正如今次出事，曾有消息指出，蕭永方因為通訊器材失靈，要打電話到999台求救，其實999台有電話錄音，是否屬實？一查便可知道真相，只是有關方面為怕尷尬，一直未有承認或者否認。唯一可以肯定，是消防局確實收過他們的求救訊號，只未知是透過消防員慣用的手提通話器還是手機。總之因為時間上的延誤，當其他同袍趕至，都無法扭轉既定的命運。

殉職消防隊目蕭永方的女兒手持父親遺照，其遺孀哭成淚人。

第三、蕭永方和陳兆龍背上的氧氣筒證實被除下，有理由相信他們曾經用來救助受困的居民吸氧氣和離開。

稍後亦有居民證實，在拯救過程之中，有多位消防員真是除下氧氣筒讓他們吸氧氣，只是他們穿上制服又戴上頭盔，難以辨認容貌。

而以蕭永方和陳兆龍的經驗和身手，可信他們若非除下氧氣筒，應該可以捱多幾步，便能夠上到天台脫險。

## 旺角兩場五級大火

是次大火，直到當日下午3時13分才被撲熄，這是繼1996年嘉利大廈後，十二年來第一宗五級大火。除了一名七十三歲老婦，兩名消防員，繼後又證實有一名娛樂場所女知客因為飲醉酒留宿，失去知覺之下被燒成焦炭。

這場無情大火奪去兩名勇士生命，一個素未謀面，家住嘉禾大廈的秦小姐在事發後，哀痛地致電電台，直認其中陳兆龍便是她救命恩人。她說：「雖然環境好朦朧，但我認得佢，因為佢好近距離除個面罩俾我吸氧氣。佢好後生。我住十一樓，當時已經好大煙，我同媽媽用濕毛巾掩住口鼻，都一樣濁得好厲害，突然見到佢，佢首先除下個面罩俾我媽媽用，原來裡面係有氧氣。」

「佢同我媽媽講：『阿婆唔使驚呀，我帶你出去』。又同我講『你定啲，我轉頭返嚟』。」

「果然無隔幾耐，佢真係返轉頭救我，佢又除個氧氣罩俾我用。我當時聽到佢咳，佢哋真係救咗好多人。」

秦小姐和母親逃出生天，沒想過救她的陳兆龍卻命喪當場。

## 成績優異獲金斧頭

在消防學校畢業獲頒金斧頭的陳兆龍，成績優異，論到體能，同期的師兄弟無人能比得起他。雖然學堂競爭激烈，卻無損師兄弟之間的感情。

陳兆龍的一名舊同學謂：「佢（陳兆龍）係我們的模範，領悟能力好高，好聰明，無論學甚麼都是吸收得最快的！」他表示當大家受罰，士氣低落時，陳兆龍就是大家的精神支柱，「佢會叫我哋不要放棄，仲話：『我們十七個一起入班，就要十七個一起出班！』」

因為陳兆龍體能最佳，畢業後順理成章派到全港最繁忙的消防局——旺角消防局，單單是半年度，在旺角消防局已接獲六百宗火警通報。有消防老大哥謂，好多成績優異師兄弟都想派去守旺角，因為處方一直鼓勵要有在職訓練，即是出動次數越多，技術就越成熟，當中旺角區就係一個最好訓練的地方，可以容易累積實戰經驗。

其後，陳兆龍發現自己的能力不是最好，四十六歲的蕭永方才是全局體能最好的一個。

同袍向兩位英勇犧牲的英雄致敬。

## 為人積極充滿熱誠

蕭公子曾在消防訓練學校擔任體能教官，專責前線消防員的訓練工作。有同袍說：「蕭公子平日也喜歡參加戶外運動，排球、電單車、潛水、野戰等，乜都識玩，佢又經常同老婆一齊，佢老婆係佢中學同學，青梅竹馬。」

一名同袍形容蕭公子人如其名，既瀟灑有型又風趣幽默，「佢外形討好，好口才，不論男女，好快就同人打開話題。佢成日都講，『做消防員要對個隊有份使命感，既然自己鍾意做運動，如果可以幫個隊爭光，咪報名參加運動玩吓囉，幫消防局攞獎嘛！』結果，1994年我們去澳洲參加世界消防運動賽的排球賽，為香港消防拿了金牌。同年，首次參加全港龍舟賽，消防又拎埋冠軍。」

因為蕭永方熱愛駕駛電單車，得悉旺角消防局引入救火電單車以後，主動申請由紅磡調往旺角，「佢駐守過尖沙咀、紅磡及旺角，平日佢負責駕電單車的，不過有時都要輪調坐上四部出動的消防車，佢當日咁啱就係調咗做最前線，估唔到就咁步上佢師傅的後塵，三代師徒都係殉職。」

## 旺角消防陷阱多

現時消防處會因應全港各區人流多少，決定安排消防員駐守的數目。其中旺角一向是香港人吃喝玩樂的集散地，當中特別多消防員鎮守，這正與旺角區滿佈消防陷阱有關，包括舊樓走火通道、外牆大型招牌等。

這次嘉禾大廈五級火，英勇的消防員蕭永方帶徒弟陳兆龍救火，把僅餘的氧氣讓給居民，兩人拼命爬到十五樓，只差幾步便可抵達天台脫離險境。但就只差幾步，他們已體力不支，一倒不起，成為四名死者內的其中兩位。

正正是十九年前，幾個街口外的舊商住樓宇新興大廈發生四級火，當時入行僅五年的蕭永方差點遇險，全靠師傅隊目陳政瑜拖他出火場，但師傅自己最後卻虛脫殉職。

沒有人想到，三師徒最終走上同一條路，更同是命喪於舊式商住大廈內的夜總會。這類大廈戶數多、改動大，層層間隔意想不到，加上防火設備殘舊，去救火隨時有去無回。事發之後，政府宣布一個月內巡查所有商住樓的K場，不過油尖旺有一千四百二十幢像嘉禾一樣的消防陷阱，迄今只查了不夠二百幢。難怪不少消防員表示，守旺角，好威，也好險。

旺角舊商住大廈夜總會林立，一名女知客不幸在大火中喪命。

## 梯級乏防煙門

按照經驗，看來原先只屬小火一場，最終演變為釀成四死五十五傷的無情火，實在令人思疑禍首是大廈閣樓及一樓沒有防煙門所致，當濃煙和熱空氣在狹窄的樓梯上升，造成「煙囪效應」，一發不可收拾，立時蔓延整幢大廈，更甚是頂層溫度高達六百至八百度。

據食環署指出，起火單位的新華夜總會跟大廈內其餘三間夜總會，原來只持有消防規格最低的小食食肆牌照，只有一樓的一間有豁免申領卡拉OK場所許可證（唱K活動不能超過三間房、面積亦少於三十平方米方可申請豁免許可證），而另一間正在申請許可證。消防處只在領牌時才巡，其後不定期跟進，不少場所先申領消防規格較低的小食食肆牌照，待食環署及消防處視察後，再改建成卡拉OK，便不用申請消防裝備成本較高的卡拉OK牌。

## 無牌經營K場

據了解這處雖然只有小食牌，但是經營者一直目無法紀，竟然照辦K場，有熟客坦言鍾意新華那裡夠黑夠秘密，「這個場係我去過旺角的夜總會中，最烏燈黑火一個，入到房只係電視機有光，周圍用木板遮住，關上門，鍾意同小姐做什麼都可以。」

低層的夜總會問題多多，樓上的住宅單位亦不遑多讓。建於1962年的嘉禾大廈，樓高十五層，住在六樓的一名住客表示，這裡每樓層原先設計是兩梯兩伙，分A、B兩個單位，每單位近二千呎，隨後卻被業主改動，將一個大單位，斬件變為多個小單位出租。最誇張是一個單位分為八個套房，分租出去。

當中有部分套房用作為時鐘酒店，設備簡陋，內籠都以木板間隔，又欠缺火警鐘或火警自動灑水器，萬一遇上火警，可想而知火勢會是一發不可收拾。

## 巡查進度慢吞吞

由此可見，嘉禾大廈的問題不是一時三刻的，明顯是存在已久。何解大廈內的業主立案法團遲遲不作出行動處理？為此，有居民表示，懷疑在大廈低層經營夜總會的東主，已買下樓上多個單位，兼且經營者可能是區內有勢力人士。

兩位英雄的靈柩由同袍移送浩園，徐徐下土。

故就算大樓成立了業主立案法團，在夜總會經營者佔多數業權之下，立案法團要開會通過某些對經營者不利的條款時，相信難以通過。變相業主立案法團是有名無實，內裡是受到有關人士控制。以致明知問題重重，居民只有啞忍求存。

嘉禾大廈只屬冰山一角，在旺角此類舊式商住大廈處處可尋。前油尖旺區防火委員會主席許德亮指出，油尖旺區內有一千四百二十幢同類樓宇，是全港之冠，現在只巡查了約一成四，進度十分緩慢。事實上，自1996年嘉利大廈這宗戰後最嚴重火災後，政府幾經研究，推出《消防安全（建築物）條例》，要求1987年前落成的大廈，提升消防裝置，符合1994年標準。但全港五千四百三十七幢1973年或以上落成的舊式商住樓宇，當局至今年（2008年）四月底只巡查了八百九十幢（約一成六），如此效率不可接受。

## 各部門辦事不力

經過嘉禾大廈火警，政府各部門總是採取後知後覺的態度，勒令加強巡查。包括消防處、警務處、入境處、食環署及屋宇署均奉命到不同的卡拉OK、夜總會巡查。可是，各部門依然以「各自為政」的態度。例如有部門明知某地點的防火設備有嚴重問題，好似是防煙門上鎖、走火通道阻塞，亦不會主動通知消防處，實行做鴕鳥。

然而，就算是消防處自行派員巡查，效果亦形同虛設。事關消防處是定期每一至兩年到商住大廈巡查一次。為此，有大廈業主立案法團得悉漏洞，按經驗計算過每年的年檢的大概日期後，在消防處派員到來時預早準備，包括臨時修葺防煙門、理清走火通道雜物等。

據稱，部分夜總會更長期霸佔後樓梯，堆放雜物作貨倉，還拆掉防煙門以方便出入。有人就在消防處巡查前，臨急將原本拆去的防煙門重新裝上，在通過檢查後，便打回原形，拆走防煙門。

保安局後知後覺在火災後宣布，消防處及有關部門研究在未來一個月，巡查全港的商住大廈娛樂場所的消防安全設施，但面對狡猾的夜總會或K場場主，在缺乏效率的巡查之下，難以令人不擔心意外隨時再一次發生。

## 火災後猛鬼出籠

在火災過後十幾天，大廈基本上可以解封，不少居民都搬回上址，但有一戶姓伍的母女卻急急搬走。

伍女士四十幾歲，和丈夫已經分居，獨力照顧一名十幾歲大和念預科班的女兒，她們搬回家中第一晚，過了凌晨時分還未入睡，可能猶有餘悸，到半刻三點，兩人同時聽到有人大力敲門。

伍女士喝問「邊一個」？對方回答「好快走啦，火燭呀！」又係火燭？兩母女有如驚弓之鳥，速速起身，只穿著睡衣，便打開大門逃生，但走廊空無一人，更加不見任何煙火。

兩人正感奇怪，在走廊盡頭，隱約見到有兩名消防員的背影走過，好像是實體，又似是一陣輕煙，如果只有一個人見到，必然以為眼花，但無理由兩個人同時眼花，大家對望一眼，都升起一股寒意。

伍女士想一想不對路，一手將女兒拉入屋，再反鎖大門，未幾，再次有人拍門，同樣說「火燭呀，好快走啦！」今次伍女士不敢開門，而是將全屋的燈火打開，又扭大電視機的聲浪，好為自己壯膽。

母女翌日和相熟的鄰居談及此事，部分人亦有相同經歷，嚇得伍女士急急搬走，因為家中無一個男人，實在無膽量和「不明物體」相處。

這些可怕的傳說不脛而走，稍後時間經過不同人士的「加料」，更加令人心慌，直到蕭永方和陳兆龍分別安葬浩園，獲得風光大葬，這些傳說才告慢慢平息，所知伍女士和女兒亦已返回上址居住。

# 消防常規裝備全攻略

旺角嘉禾大廈發生五級火警後，有指消防員採用的通訊及保護裝備不足影響消防員工作。消防處決議斥資約5,000萬元改善現有消防員的裝備，包括符合最新國際安全標準的防火頭套、無線電通話機、呼吸器等設備。

## 呼吸器

【功能】

消防處於2010年全面啟用電子化的呼吸器。呼吸器是供應壓縮空氣的呼吸器具，它的呼吸裝置是以開放式設計，配帶者呼出的氣體直接排出面罩外，不會循環使用，使配帶者可於缺氧或充斥有毒氣體的環境下工作。

電子化呼吸器

【規格】

具備輔助電子功能的呼吸器取代了舊有的機械化呼吸器。新呼吸器由德國MSA廠製造，完全符合最新國際標準，具備先進的個人監察系統連個人警報器，可顯示、監察及記錄有關呼吸器的運作數據；面罩內的抬頭顯示器更設有燈號，讓人員即時得知其氣瓶餘量及撤退警示，加強人員在火場內的安全保障。

此外，新呼吸器亦配備符合人體工程學設計的背架，包括迴旋式腰帶，使行動更靈活；輕便碳纖維及單管道式呼吸系統，分支接頭可連接雙氣瓶使用。每名前線人員亦獲派發視野寬濶及具有傳聲功能的面罩，供個人使用。

## 抗火衣

### 【功能】

消防處於2011年全面改用金黃色的 PBI Matrix 構築物滅火防護服，有阻燃及抗高溫效能，具備高拉力和撕裂耐力，使消防人員進入火場後抗火的能力提高。

抗火衣由多層物料組成（外層：防火抗熱布、中層：隔熱防水層、內層：裡布）

### 【規格】

抗火衣重量約4公斤。中間夾層能阻止水和化學液體物進入衣服，但同時讓空氣及汗水排出外面，最內層有阻燃及抗高溫效能。滅火防護服在實驗室進行火焰測試時，能夠耐高溫至超過1,000 度。

最新引入的金黃色抗火衣

## 高壓噴霧喉筆

【功能】

高壓噴霧喉筆所產生的微細水點，能夠減低現場環境的溫度，能保護消防人員進入火場及濕潤附近可燃物品，阻止火勢蔓延。

【規格】

高壓噴霧喉筆由鋁合金製造。成長管形，直徑40公分，長　2.49米。當在水壓10　bars上運作，它會產生圓筒形的霧水，直徑8米及在筆咀投射範圍約4米。筆咀內有281個小孔，直徑1.6毫米，出水量約每分鐘1,200公升。

## 快速爆破器

【功能】

快速爆破器是由電油驅動的液壓爆破器，適合交通意外等各種拯救工作。這部快速爆破器主要包括救援

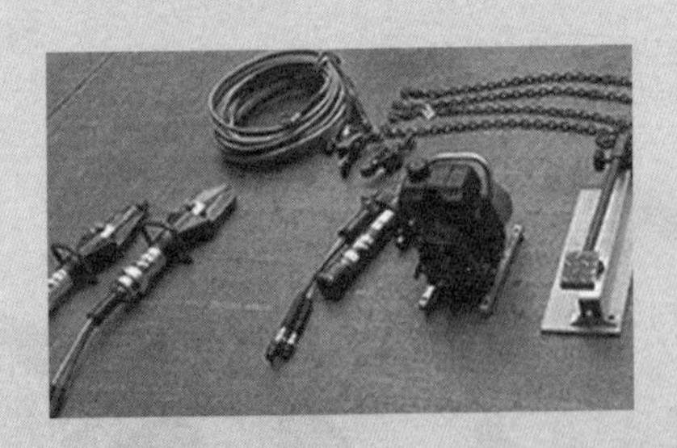

積、萬能剪機及液壓剪。此等工具並可於水深達40米下操作，適合各種拯救工作使用。

【規格】

- 小型發動機:

本田/ 4衝程/ 1.1 kW

- 救援積：

行程450 — 750mm/ 120 kN

- 萬能剪機：撐開闊度360mm/ 93 kN
- 液壓剪：可剪達30mm直徑的圓型鋼鐵
- 手動泵：工作壓力630 bars
- 製造：德國

# 混凝土切割器

【功能】

這部輕型的混凝土切割器能切割達30.5厘米厚的混凝土牆或地台，可見它的馬力強大。切割器由一個80立方厘米5.7匹馬力的2衝程發動機推動，並設有先進的過濾系統，來混水切割多種建築物料，混水切

割可令有害的灰塵減至最少。這部切割器可作多方面的用途，例如火災、特別服務如樓房倒塌、地震、山泥傾瀉等現場的切割工作。

【規格】

- 體積：長460 x闊250 x高290毫米
- 重量：9.1千克
- 發動機：2衝程水冷單汽缸
- 馬力：5.7 馬力
- 切割深度：可達30.5厘米
- 製造：意大利

## 手提切割器

【功能】

手提切割器是可用來切割金屬及混凝土，視乎所用的鋸片而定。

【規格】

由一部二衝程氣冷式汽油引擎驅動，使用手拉式自動回捲起動裝置起動引擎，重量為10.4公斤。

## 「馬基達」充電鋸

【功能】

這部流動、由電池推動的鋸可切割層壓玻璃，金屬，木和塑膠物料。因它無需倚靠外來動力，可隨時應用於各類型的事故，如交通意外、樓宇內、大型工具難以操作和梯上的各種拯救工作。根據人體手型而設計的柔軟握手和快慢速度的運作選擇，確保不同環境下都能方便操作。

馬基達

【規格】

- 體積: 469 x 88 x 230 毫米 (長 x 闊 x 高)
- 體積：長469 x闊88 x高230毫米
- 重量：4.4公斤
- 電流：直流24 V
- 鋸片衝程：32毫米
- 每分鐘鋸片運作次數：0 - 2,700
- 製造：日本

*資料來源：消防處

# Case 02

# 鋼線灣奪命狂風

# GONE WITH THE WIND

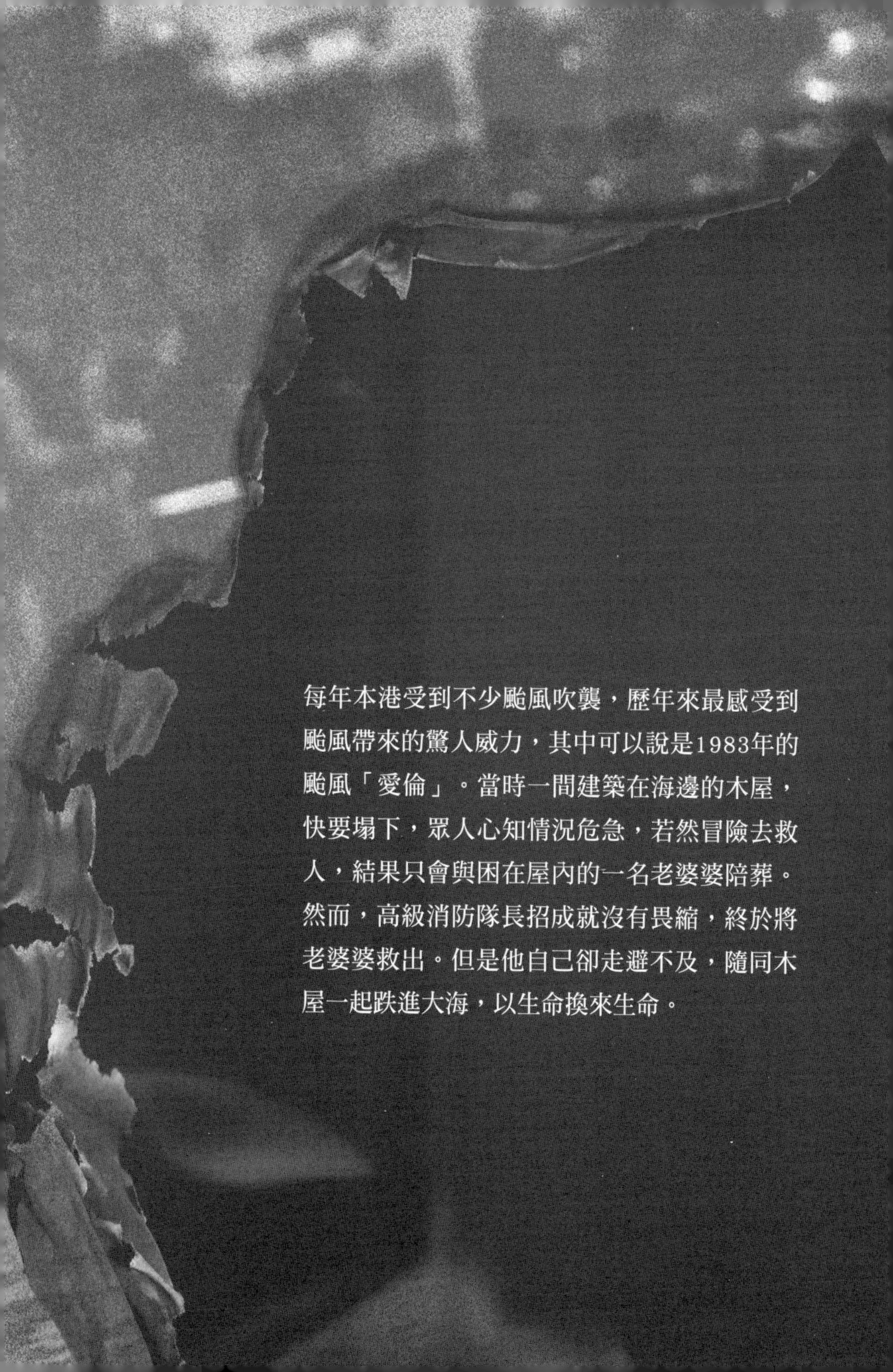

每年本港受到不少颱風吹襲，歷年來最感受到颱風帶來的驚人威力，其中可以說是1983年的颱風「愛倫」。當時一間建築在海邊的木屋，快要塌下，眾人心知情況危急，若然冒險去救人，結果只會與困在屋內的一名老婆婆陪葬。然而，高級消防隊長招成就沒有畏縮，終於將老婆婆救出。但是他自己卻走避不及，隨同木屋一起跌進大海，以生命換來生命。

記得在1983年，「超級颱風」愛倫襲港，因為以雷霆萬鈞之勢正面吹襲，天文台發出十號風球，許多人不用上班，與朋友興高采烈去打牌，卻不知道，全港的消防員卻是最忙碌的時間，分分鐘要和死神角力。

由於愛倫在港島的西邊經過，上午十時許，平日人來人往的街道，霎時間鮮見有半絲人影，只有狂風的怒號聲音，有如一連串的奔雷。

在薄扶林道的鋼線灣，那年頭仍有幾百間木屋，靠在岸邊搭建，居民多數是早年由內地來港的人士，做的是低下層的工作，入息所限，多年來都沒有能力搬遷。

單從外觀，一大排木屋有如積木，看起來非常「牙煙」，但說也奇怪，由戰後至到八十年代，這裡絕少發生意外，居民形容是一塊福地，特別是路口有三棵大榕樹，有如一個官印，可以保佑這裡的平安。

## 狂風可將人吹起

因此之故，由建村至今，經歷過幾十次颱風，次次都分毫無損，即使今次愛倫的聲勢浩大，居民仍是抱住大安主義，定過抬油。

其實，在清晨時份，已有村民感到今次事不尋常，因為從高處望下去，整個大海、變成一碗沸騰的湯，捲起的白頭浪，少說也有十幾呎高，相比於以前，確是聞所未聞，因此有部分村民，都要破天荒暫時搬到親友家中避風。

說實在話，這些所謂村屋，初時為怕阻地方，只是用一根根木柱頂在岸邊撐起，四邊再圍起木板，就當如一間簡陋的房子。而下面已是崖岸，日日有驚濤拍岸，換了是外來人，可能連一晚也不敢逗留。此間的村民，以前何嘗不是提心吊膽，但正如前文所講，多年來都是相安無事，增強了信心，以為得天之佑，一定可以家宅平安。

不過，由於今次愛倫所吹襲的路線，正正是這條危村的所在地方，天文台錄得最高陣風紀錄達到一百二十公里，普通一個成年人，如果站在空曠的地方，也可能被風吹起，所以警方連同消防員在村口，呼籲大家離開以策安全。

## 村民輕視颱風威力

「邊度有事呀！我哋住了幾十年，連毛都無甩過一條，幾大的颱風，我哋都見過，根本驚都未驚過。」有不少村民置之不理，還認為警員多此一舉。

「你哋返去收隊好過啦！現在非常大風，我哋是見慣見熟的，你哋少見，未必頂得住，我哋反而擔心你的安危。」

「唔好咁固執啦，你哋知唔知道，天文台錄到的陣風紀錄超過一百二十公里，連隻水牛都可以吹得起，你哋住近海邊，只係靠幾條木頂住，平日都覺得恐怖，更何況是打大風，唔好搵條命博。」帶隊的

2003年7月颱風伊布都風力強勁，杏花邨對開的海面捲起高達四、五層樓的巨浪。

總督察苦口婆心地勸說，可是各人不為所動。

「走啦，多多事實，咁大風，我都唔得閒同你哋講咁多。」其中一位老村民許伯正想離開，突然指住前面大叫一聲，好像見鬼一樣可怕。

各人循住他所指的方向望過去，見到雨暫時並不太大，只是不斷吹烈風，而前面三棵大榕樹，竟然一齊折腰，連樹根亦翻起。

## 守護神也擋不過

「咁就大件事啦，可能唔走唔得掂。」許伯一直好口硬，但見到大樹都要傾斜將倒，口氣立即放軟。

「都話啦，真係好大風，唔係人人頂得住，剩係睇棵樹都要變成咁，就夠得人驚。」總督察想村民快點離開，再加一把嘴。

但不用他再去講，許多村民已經主動收拾細軟離開，總督察不明內裡原因，還以為自己的口才了得。

「做乜突然之間會咁聽話呢？」總督察亦有點莫名其妙。

手下沙展阿榮好醒目，找來一位地膽村民老馬詳問究竟，老馬自己亦在忙碌之中，他隨手帶走幾件衣服便離開。「咪阻住啦，命仔緊要呀。」

「你真係好奇怪，頭先叫你哋走，無一個人肯聽，當我無到，失驚無神又會怕成咁，真係不可理喻。」

「你唔知得咁多啦，頭先還頭先，現在還現在，因為我哋咁定，係有守護神頂住，現在乜都無得剩，唔走先至奇。」

「邊個係你哋的守護神？又會咁神奇，大家信成咁？」沙展阿榮平日唔信邪，所以聽見之後不以為然。

「咁都仲要問？你自己睇唔見咩？」

「睇見乜呀？」阿榮仍然如在夢中。

「就係頭先你所見到的三棵樹呀，我係呢度幾十年，呢三棵神樹紋風不動，次次都可以保護全村安寧，現在搞成咁，直情係天威示警，唔走先至笨。」

## 三棵神樹齊折腰

「唔好咁迷信啦，乜嘢時代呀，仲講這些話。」阿榮是老差骨，雖然見過不少無法解釋的怪事，但是講到有樹神保護全村，仍然認為無法入信。

「你見過幾多嘢呀，世間上根本就有好多事唔係凡夫俗子能夠了解，以前我都一樣唔信，但住係呢一度幾十年，真係風平浪靜，你自己都有眼睇，我哋條村建築得幾咁危險，靠近海邊，日日被大浪沖擊，應該早就出事，但係好奇怪，呢度從來未出過事，都因為有呢三棵神奇大樹頂住所有風險。」

「咁咪好囉，你哋既然咁相信，呢三棵樹有神奇的法力，又何必急急要走。」

「頭先你唔見到咩？三棵大樹一齊折腰，其實幾神奇的靈異物都有一定的壽命，如果修煉得好，可以更上層樓，否則同人一樣都會大命不保。我好奇同你解釋，但我頭先一見到呢三棵樹咁樣收場，就明白佢哋在最後關頭，即便大限來臨，都盡最後一份努力，向我哋一班村民示警，提醒我哋最好盡快走。」

## 村民狼狽離開

沙展榮聽完老馬這番話，本來好難入信，但再睇番三棵同時折腰的大榕樹，又有點難以解釋，無理由會咁巧合，莫非真係有怪事發生？

不過無論佢自己信唔信，總之過百名本來賴死唔肯走的村民，如今變得雞飛狗走，不理外邊大風大雨，都要徒步離開，顯得非常狼狽。

「阿榮，你有無覺得好奇怪，頭先趕都唔郁，現在又會驚成咁，仲慘過撞鬼。」總督察愈睇愈有點心寒。

「唔好理啦，乜都好，你都係想佢哋離開，現在還你心願，又可以交差，唔理咁多，最緊要你唔使揹鑊。」

沙展阿榮這幾句說話最啱聽，總督察摸一摸下巴，覺得好有道理，就返回警車之內休息，預備大家收隊。

「唔走得呀，原來仲有一個阿婆唔肯走。」阿榮突然氣急敗壞地走過來。

「勸多幾句啦，如果叫唔走亦都算數 ，大家已經仁至義盡。」

「唔係呀，呢個阿婆所住的一間屋，最靠近海邊，現在被大風吹跌一半，喺山邊吊吊揈，隨時會連人帶屋一齊跌落海。」

「呢個阿婆做乜嫌命長！」總督察好氣憤，剛才花了許多唇舌，再加上三棵大樹一齊折腰，村民才肯離開，以為可以收工，嘆一杯熱茶暖一下胃，未想到節外生枝，又有一個阿婆出事。他無可奈何之下，又要落車，只是隔了幾分鐘，颱風愛倫的威力又明顯增強，吹到佢舉步維艱，行三步，退後兩步。

## 大難關頭卻步

「個阿婆係邊一間屋呀？」總督察跟住阿榮冒住狂風向前行，村民老馬在前面帶路，這件事亦是老馬首先發現，本來佢已經想走，橫眼見到老婆婆四姑所住的木屋慢慢向前面傾斜，老馬大吃一驚，再走前幾步，才見到四姑死命抓住門邊，但已無力爬番上來，如果繼續落去，肯定會連人帶屋一齊跌落海。

「有無咁誇張呀？隨便找人個人拖番佢出嚟咪得囉，如果大家唔夠膽，就由我自己出手好啦。」總督察半信半疑，覺得老馬有可能作大，但行到出事木屋前面，佢都嚇到雙腳一軟。

因為眼前所見太過驚恐，過往以為只會在電影中才會見到的場面，全部成為事實，四姑所住的屋，六、七成已經傾倒，分分鐘會飛落海。

總督察不由自主向後倒退幾步，他明白到，在生死關頭，絕非逞英雄的時候，總之一個人只能活一次。剛才他還聲大大晒彩，話要自己出手救出阿婆，但是見到眼前的驚恐現實，立即收口，連屁都不敢放一個。

## 眼見阿婆情況危急

「咁點算好？無人可以埋去，根本好難救到阿婆出來，如果夾硬走埋去，只會同佢死埋一堆，亦於事無補。」

「呢啲事，差人唔會做嘢，我哋即刻叫消防幫手啦。」

得到阿榮提醒，總督察立即醒起，有消防車在附近，頭先仲一齊趕來，因為以為有村民受困，證實無事之後，消防車才開走。點知好事唔靈壞事靈，真係開口中，未幾便發現四姑間屋陷入空前危機。

總督察通知總台，再知會消防處，火速派出消防車到來，總督察心中想，趕來都無用，以咁大風同咁危險的情況下，大家只能眼白白見住阿婆死，假如冒險去救人，結果只會陪葬。佢亦唔信，會有人咁笨去出手。

他完全估錯！偏偏就有這一種人。

帶頭到來的消防隊長招成就，第一個趕來，他見到阿婆所住的木屋，大部分已經傾斜，心中亦一寒。

## 身先士卒冒險救人

因為這間木屋的設計非常簡陋，看到房屋的四腳只靠幾條木樁支撐著，能夠支持幾十年，已是極為罕見的奇跡。如今愛倫的強風不斷吹刮，整間屋搖搖欲墜，有如一間紙紮屋，旁人看見，都會心驚膽顫。

更可怕的鏡頭就是阿婆在木屋門口，死命扯住門邊，才不致被風吹走，但她年老力衰，也不會支持得太久。

坊間許多人都說，如果是當差人，怎樣都要做阿頭，因為最危險的工作，都會交由下屬去處理，自己在背後指指點點，便可以交差。但是做消防員卻是相反，基於傳統的習慣，每每最危險的工作，都由現場最高級的消防隊長去做，要身先士卒，做一個良好示範作用給下屬看，冒上最大的危險。

招成就在現場一看環境，就知道阿婆危在旦夕，只要稍一延遲，就會喪失生命。他和下屬商量過後，唯一的辦法，就是不理狂風，自己用救生繩綁在身上，然後走近木屋，冒險將阿婆救出生天。

## 木屋向下傾斜

他手下有幾位資深的消防隊目，其中一位叫深哥，可算身經百戰，向來膽生毛，在同袍眼中，這人唔知個「死」字點樣寫。

但這一次，深哥都感到有點心寒，向招成就表示，這個救人任務太過危險，勸他不要冒險去做。

「阿頭，呢單嘢玩唔過，因為風實在太大，天文台都話有百幾海里，唔係血肉之軀可以頂得順，都係諗吓點再作打算。」

「我都有眼見，但唔可以再去等，因為間屋危危乎，等多幾分鐘，都有可能成間屋跌落海，無人可以活命。」

「既然係咁，你更加唔好出去，你都明白我性格，好多時都會去搏，但係這一鋪，真係搏唔過。」深哥總係覺得唔多對勁。

本來招成就仍有點考慮，但眼見出事的木屋又再慢慢向下傾斜，阿婆大叫救命，即使狂風怒號，仍不能掩蓋淒厲的呼喊聲。招成就救人心切，決定出發救人。

## 木屋突然斷開

「都係等多一陣先啦，太大風啦！呢間木屋睇嚟唔可以頂得幾耐，你出去救人，可能連自己都會遇上危險。」

「阿深，你知我知，有幾危險，唔使你再講我都明白，但我哋做得呢一行，就一定救急扶危，唔可以見死不救，特別係我，見到有人的生命危在旦夕，就一定要想辦法盡最大的努力，呢樣嘢係責無旁貸。」

深哥亦係性情中人，聽見這番表白，亦為之動容，因為招成就講得一點也不錯，做消防員根本就和其他工作截然不同，遇上危險的時候，所有人都要縮，他們卻要谷，才可以盡責任拯救性命。

所以聽完招成就一番話，大家都沒話說，惟有將救生繩小心地綁在長官身上，然後招成就便出發，一步步爬近木屋。

當其時，狂風一陣勁過一陣，吹在面上，痛苦的感覺有如被刀片所刮，連眼睛也張不開，招成就終於走近木屋，捉緊阿婆的手，將她向上拉，大家見到他完成了不可能的任務，都興奮地高呼。

高級消防隊長招成就出殯當日，場面感人。

招成就大力將阿婆向上推，其他同袍亦爬近，有如接力賽將阿婆拖回安全地帶，眼看一切順利，木屋的基部突然斷開，那時候，有如一個定鏡，各人見到招成就露出一個好奇怪的表情，似乎想開口又說不出話來。

## 跌進大海長眠

前後經歷的時間，可能不會超過半秒鐘，但在大家的心目中，卻長似一個世紀，只見木屋的基部一斷開，便迅速下滑，彈指之間，便直線墮落大海。

招成就冒險救出受困的阿婆，以為大功告成，卻是禍出突然，自己隨同木屋一起跌進大海。如果是風平浪靜，以他的過人身手，還有機會逃出生天，但是颱風的威力，令到海面翻騰不息，浪頭高十幾呎，他一跌落水，即時失去蹤影。

深哥眼見慘事發生，心情激動，好像心窩吃了一記流星鎚，急速向上頭報告，再派出蛙人趕至，希望將招成就救起，但是經過幾十分鐘努力，才能將他發現，送院時證實已經死亡，估不到一命換一命，招成就終年33歲，而這件英雄故事，亦感動了千萬人心。

到今日，西環鋼線灣村早已清拆，變成另一個新面貌，而三棵被當日村民形容有神靈庇佑的大榕樹亦已鋸走，不過，時間的洪流再急勁，亦洗擦不掉英烈的事蹟，長存在心坎。

# 消防潛水隊裝備

香港雖然沒有急流，但遇上黑色暴雨，本港部分河流，甚至街道，都會出現如急流的情況。有見及此，消防處加大力度訓練潛水隊，於2010年12月啟用潛水基地進行訓練及提供的水底搜救服務。

## 潛水支援快艇

【功能】

停泊在昂船洲潛水基地的二號及停泊在機場海上救援東局三號潛水支援快艇，為本港所有水域提供救援服務。快艇由消防總隊目擔任主管。

【規格】

長9.5米、闊度3米、吃水深度1米、排水量5.3公噸。航速每小時40海里，可載客8人，並配備導全球衛星定位系統。

潛水支援快艇

# 消防潛水基地

【功能】

消防處位於昂船洲的潛水基地，備有多種訓練設施，包括急流池、潛水訓練池、直升機絞盤、焊切缸，以及全東南亞只得1座，價值逾千萬元的深潛模擬器，可模擬水深達百米的水壓環境，供消防潛水員訓練之用。

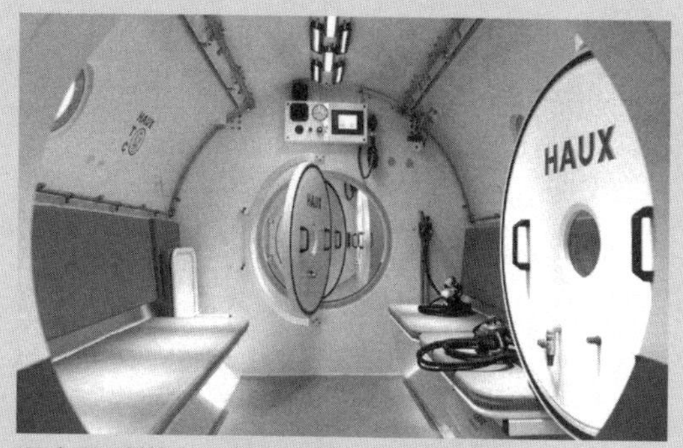


潛水員受訓後，要立即進入加壓艙，進行減壓程序。

消防潛水隊員模擬進行直升機海上拯救。

*資料來源：消防處及政府新聞處

Case 03

# 閃燃殺手

德士導

FLASHOVER

消防員黃家熙，在人的眼中他是男人中極品，年少氣盛還未到30歲的他，工作上是一個體能超卓、盡忠的消防員；可是在愛情路上，他卻一直等待命中注定的情人出現。縱然遇上深愛的女子，擔心對方看不上自己，只將這段情埋在心內，候待時機來臨。可是，黃家熙在一次撲火中不幸殉職，天意弄人，那位被愛的女子才寄予對他遲來的愛慕，只嘆一場無情烈火，拆散了良緣。

於2007年5月22日，荃灣德士古道品質工業大廈（德高中心前身）一間電鍍廠失火，一時間火警鐘大作，消防處第一時間接到通知，由於上址存有大量易燃化學品，為了增派人手，及時應付突變，好快便將火勢列為三級。

27歲的黃家熙，駐守荃灣消防局，他是第一批趕到現場的消防員，他入職已有五年，亦有相當經驗，過去也曾撲滅過類同的化學品大廈火警，所以出發之前滿懷信心，以為手到拿來，沒有甚麼大不了。

最重要是黃家熙的體能超班，異於常人，他的體力足夠，反應奇快，入行前又有潛水的經驗，可以長時間閉氣呼吸，好像有一個鐵肺似的，同袍讚嘆之餘，有時稱他做「超人」，因為他能人所不能。

另一位消防員伍仔和黃家熙最為老死，出發之前，還約他於假後一起外出消遣，如果有興趣，還可以去內地吃奇珍異味。

「深圳？我無乜大興趣，如果要食飯，香港地都大把有得揀，何必山長水遠，走到入深圳，一來一回都天光。」

「唔係啩，講到咁鬼誇張，家陣返深圳，等同入新界，而且日日係香港，乜都食勻啦，你唔覺得厭咩？」

2007年5月荃灣品質工業大廈發生火警，奪走消防員黃家熙的生命。

## 男人中極品

「唔會，我呢個人好長情，鍾意一樣嘢，可能會一生一世，唔似你一樣，乜都貪新鮮，做人太過花心唔係咁好。」

「你的性格，我當然明白，唔好講食嘢，即使對人，你都一樣從一而終，但係亦因為係咁，你先至咁痛苦。」

「你如果認為係我老友，就唔好再講，呢件事，我唔想再聽。」黃家熙平日是典型的好好先生，甚麼事都無所謂，但係一提到感情事，分分鐘可以反面，因為這是他的死門，又像心底一個不癒的傷口，仍然在流血，不能被人觸碰。

外人可能莫名其妙，但他的好朋友都明白，全因為他天生缺乏桃花運，以他的英俊外型，在男人之中也可以算是「極品」，脾氣又好又和善，絕非淺薄無知的大男人可比。

## 感情若即若離

其實黃家熙在中學畢業之後，正是「哪個少男不多情」，已經好恨拍拖，他眼見許多別的男生條件不如自己，都可以左擁右抱，也以為自己可以一樣，未想到同人唔同命，原來姻緣這回事好神奇，遇與不遇，都要講個人的命水。

所以他在過去幾年，暗戀過幾位少女，總是情若無花不結果，都是襄王有夢，神女無心，吃了多次白果。

直到最近的一次，他認識一位女子，大家外型相配，性格亦相近，以為守得雲開，終於可以叫糊，只可惜，對方有心與無心之間若即若離，令到黃家熙的心情有如十五個吊桶七上八落，停止追求不甘心，要進攻又不知從何入手。

伍仔多次叫他放棄，認為不該為了一棵樹而放棄整個森林，最低限度都要另尋目標，實行做多彈頭飛彈，同時追蹤不同獵物。但是黃家熙在這方面的思想十分保守，腦海內不能同時容納一個以上的女人，寧願忍受痛苦，都要耐心等候。

他在自己的網誌上，多次提及想結婚的念頭，又提到多個情人節，都是孤家寡人地渡過，內心的失望不足為外人道。他更提及現今心儀的女子，雖然愛得好深，卻擔心是單戀，對方不會看上自己。

「唔好再想啦！速速搵第二個仲實際。」伍仔好關心呢個老友，成日勸佢放開懷抱，不要鑽牛角尖自找麻煩。

「唔好再講啦！出發救火的時候，要全神貫注，唔應該分心去想男女私情。」黃家熙一講到公事，立即一板一眼。

「無問題，等一陣收工，大家有機會多飲一杯。」伍仔唔想老友難堪，亦自動收口。但他想不到，自己可以收工，老友卻遇上截然不同的命運。

## 出現不尋常鬼火

消防車一趕到現場，立即開喉灌救，由於出事的單位是電鍍廠，可能存有大量的化學品，所以他們另外帶同一枝化學泡的喉槍，隨時戒備。

在起火的單位，烈焰不斷噴出，有如一座活火山，火焰帶一點詭異的藍色，猶如一把鬼火，令人心膽俱寒。

黃家熙等人一到達，便聽從消防隊長的指示，各人負責拖喉上樓，這些消防喉重量過百斤，若非體力過人，根本無法移動分毫。

家熙和伍仔是第一隊，一接近火場核心，已經感到一陣迫人的灼熱，有如一把無形的噴火槍，令人渾身不舒服。他們開動噴射化學泡

荃灣品質工業大廈發生火警的電鍍廠，在火警後成一片頹垣敗瓦。

沫的消防喉，經過一番努力，漸漸將火勢包圍，到現階段為止，一切都在掌握之中。伍仔向黃家熙打一個眼色，意思是好快會完事，撲救這場火並非想象之中那麼困難。

他們一步一步接近火源核心，要將所有火種熄滅，因為只要留下星星之火，便有可能死灰復燃。黃家熙一直行頭，一間房接一間房將火勢截斷，行到最後的一間，一踢開門，見到裏面的火源好奇怪，只有幾點星火，離地約為三呎高，好像浮在水面之上，表面呈深藍色，又像電影之中所見的鬼火。

## 烈火四方包圍

伍仔初時亦無反應，只是心中有不祥的預兆，總覺得有些不對勁，就在彈指之間，他突然想起一件事，記起以前聽老前輩講過，有些火來得好詭異，好像受到魔鬼的詛咒，有自己的生命，而且可以復活。

他大叫一聲，向同袍示警，但這句叫聲餘音未了，只見原本只有三呎高的火焰，突然之間變成了一團大火，在十分之一秒之內，脹大了幾千倍，全間房都被大火包圍，最駭人是氣溫急劇升高，有如到了太陽的表面，人體的皮膚有如快要溶掉的牛油，一層一層地跌落，伍仔的肉身感到無比的灼熱，但內心有如跌入冰窖。

說時遲，現場發生驚人的變化，單位內的火焰如同加入了生命，烈火分成多條火舌，向四方八面伸展，置身屋內的消防員，全部捲入重重火網。他們久經戰陣，即便面對難以想象的威脅，仍然臨危不亂，一個接一個忍住痛楚向後退出去，其中六個人身體已有多處地方燒傷，都可以互相扶持。

## 六名消防員受傷

他們一走出門口，立即大口大口呼吸，有死過翻生的感覺，「我想裏面最少有過千度，仲慘過俾火直接係皮膚上面燒。」伍仔個心還未定下來，一時間仍搞不清楚發生了甚麼事，明明快要撲熄，何解又會突然間狂燃起來。

「唔係日光日白，我真係以為撞鬼，我衝入去的時候，啲火都幾乎熄晒，突然之間，又會變成了火焰山一樣，成個殺人陷阱。」另一位資深消防員亦有同感。但他猛然醒起，何以不見了殿後的黃家熙。

「家熙喺邊？」

「佢一直喺後面，我仲以為佢會跟埋出嚟。」

「唔使擔心，佢唔會有事，佢係超人嚟嘛，體力驚人，又夠醒目，相信可以吉人天相。」

雖然大家對於家熙的實力和穩重的性格有莫大信心，但火場不同別的地方，隨時都有不測的危險，今次行動，共有六名消防員受傷，被先後送院救治，另外一支煙帽隊火速入內救人，結果在入口附近發現黃家熙昏迷倒地。

## 內臟器官炙傷喪命

「唔好阻住，救人緊要，借過借過。」救護員的職責和記者有時難免出現衝突，前者要第一時間救人，後者想拍下最有現場感、最精采的相片，每每在最前線有所爭執。但今次所有記者都好識做，見到黃家熙遠遠被人抬出來，已經退在一邊。因為見到家熙的臉色蒼白，呼吸氣若游絲，都不想阻礙他送院的寶貴時間。

黃家熙的身體有多處地方灼傷，由於出事時氣溫突然間增高千倍，他的內臟主要器官都受到嚴重傷害，送院證實死亡。

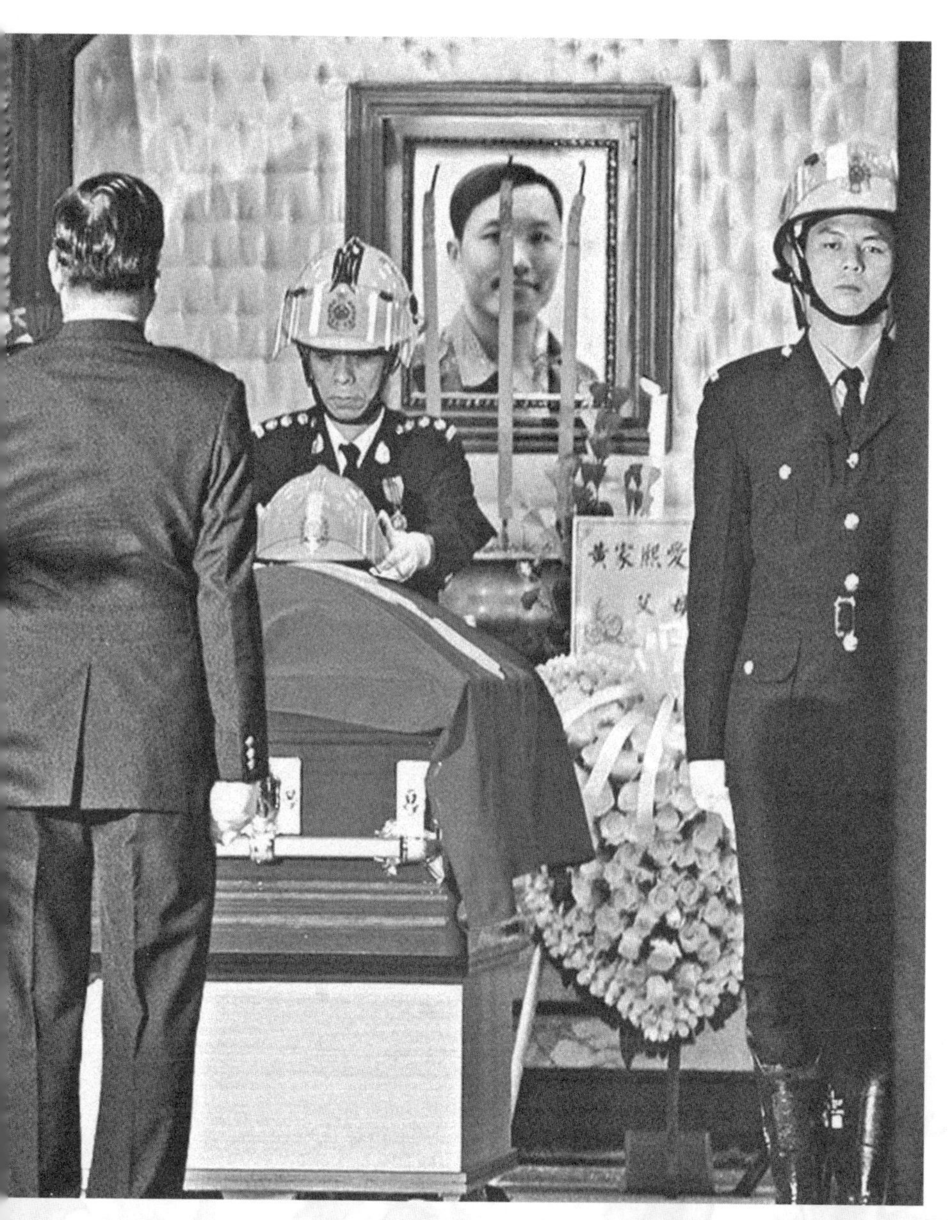


黃家熙殉職後獲追頒金英勇勳章。

事後追查死因真相，有專家作證，在一個密封的空間或者環境中，當火將室內大部分的氧氣消耗，火勢看似減弱，其實溫度會不斷上升，會達到攝氏六百度以上。這時候，許多物件都可以自動燃燒，令房間陷入一片火海，倘若消防員這時破門進入火場，因為氧氣湧入火場，便會造成搶火現象。

## 追頒金英勇勳章

專家又指出，消防員遇到的最大危機是高溫蒸氣，當水遇熱變成蒸氣，體積可以增多一千七百多倍，即是一公升的水變成了一千七百公升的蒸氣，蒸氣擴散的速度高，令到室溫更加快速上升，足以把現場變成一個特大的微波爐。

置身在這種高溫之下，就算是超人都不能倖免於難，所以就算黃家熙有過人的體魄，這次亦難逃一劫。

有退休的資深消防官表示，希望黃家熙的死亡真相快點完成報告，他痛心家熙的枉死，又傳在如此高溫之下，他的內臟也被灼熟。究竟這次出事有沒有涉及指揮失當的地方？直至2008年9月還未完成報告。

家熙殉職，已被安葬在浩園，又追頒金英勇勳章，而家屬也獲得三百萬賠償金，雙親未來的生活也有保障。

# 少女留言無限懷念

本來人死已矣，但家熙死後，最令人感到傷感，是他生前所暗戀的少女，竟然留言，她對家熙也有無限的懷念。

這位少女在網誌上寫下無數思憶又深情的句子，顯然對於家熙也有極大好感，卻陰錯陽差，雙方有緣無份。

在黃家熙的網誌中這樣寫道：「每年的情人節都是孤獨地渡過，最令人傷感的地方在於不曉得心儀的女子，是否對自己同樣有意思。」他總覺得對方若即若離，在有意與無意之間，令人有無限的苦惱。他希望對方可以表明態度，好過如今心大心細，又像一隻耕牛，心底有一條細線，一生都要被人牽住走。

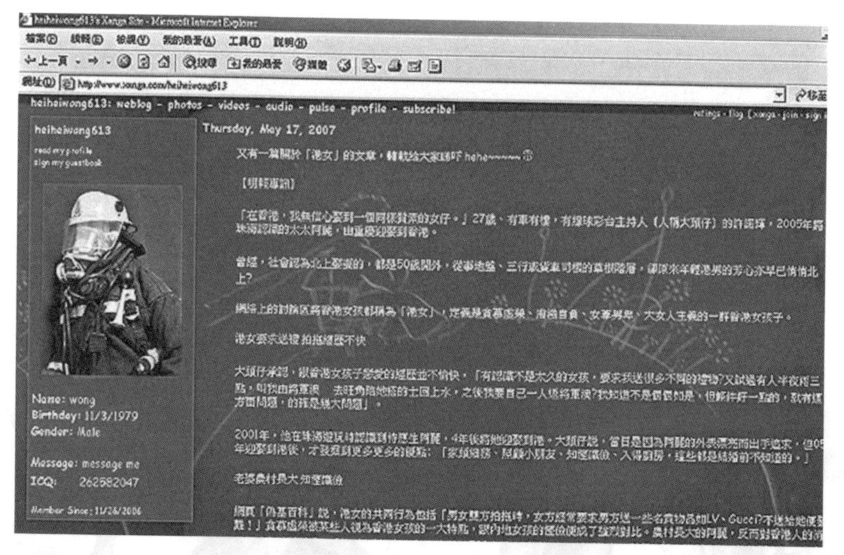


少女對家熙的表白，只能永遠留在網誌上。

最後家熙提到，不理答案是否對自己有利，都好過日日牽腸掛肚，他想對這位少女及早表白，無論將來可否在一起，都會永遠祝福她一生快樂。

## 烈火拆散良緣

在他死後，這位心愛的少女，才寄予遲來的愛慕，她在網誌上回應，好欣賞家熙的為人態度和對生命的熱誠，好想和他有發展的機會，只是基於女性的保守，才會默默地躲在背後，等候命運的安排。

她以為只要大家有緣，終有一天，會有一個良好的開始，但她料不到，家熙天生沒有桃花命，過去總是愛上不愛他的人，空渡了許多歲月，好不容易雙方都搭上線，又被一場烈火，拆散了良緣。

今次家熙出事，由於調查報告遲遲未有發表，有部分同袍形容為他死得不明不白，但原來，他的愛情路更加似夢迷離。在陰差陽錯之間，他的戀情總是失諸交臂，直到這位體能極強的超人死亡的來臨，愛情仍然斷了線。

# 火警名詞解釋

## 閃燃（Flashover）

閃燃意思是閃一下就燃燒。閃燃現象是指在密閉的火場內經長時間燒，令到可燃物累積相當能量，加上熱氣散布在密閉空間中，霎時間只要一遇燃點，或是突然開門，當空氣進入，便會產生瞬間爆燃現象。

一旦有閃燃情況，火場內溫度急速上升，可達攝氏六百至一千多度。

## 爆燃（Backdraught）

爆燃俗稱「搶火」現象，又稱「回燃」，多在火警後期產生。在密封空間的火場，由於空氣不流通，可燃氣體便會積聚，當有足夠空氣進入火場時，會立即與濃烈的可燃氣體混和，達到可燃界線。

在這時再遇上火源，原本局部悶燒的火、煙便會在瞬間爆發，引致爆發性的火燄擴散，朝著空氣入口衝出。當消防員破門而入，令原本密封的空間有大量空氣進入，與濃烈的可燃氣體混和，使到室內整個空間爆燃起來。

Case 04

# 大浪西灣殺人狂濤

WAVEKILLER

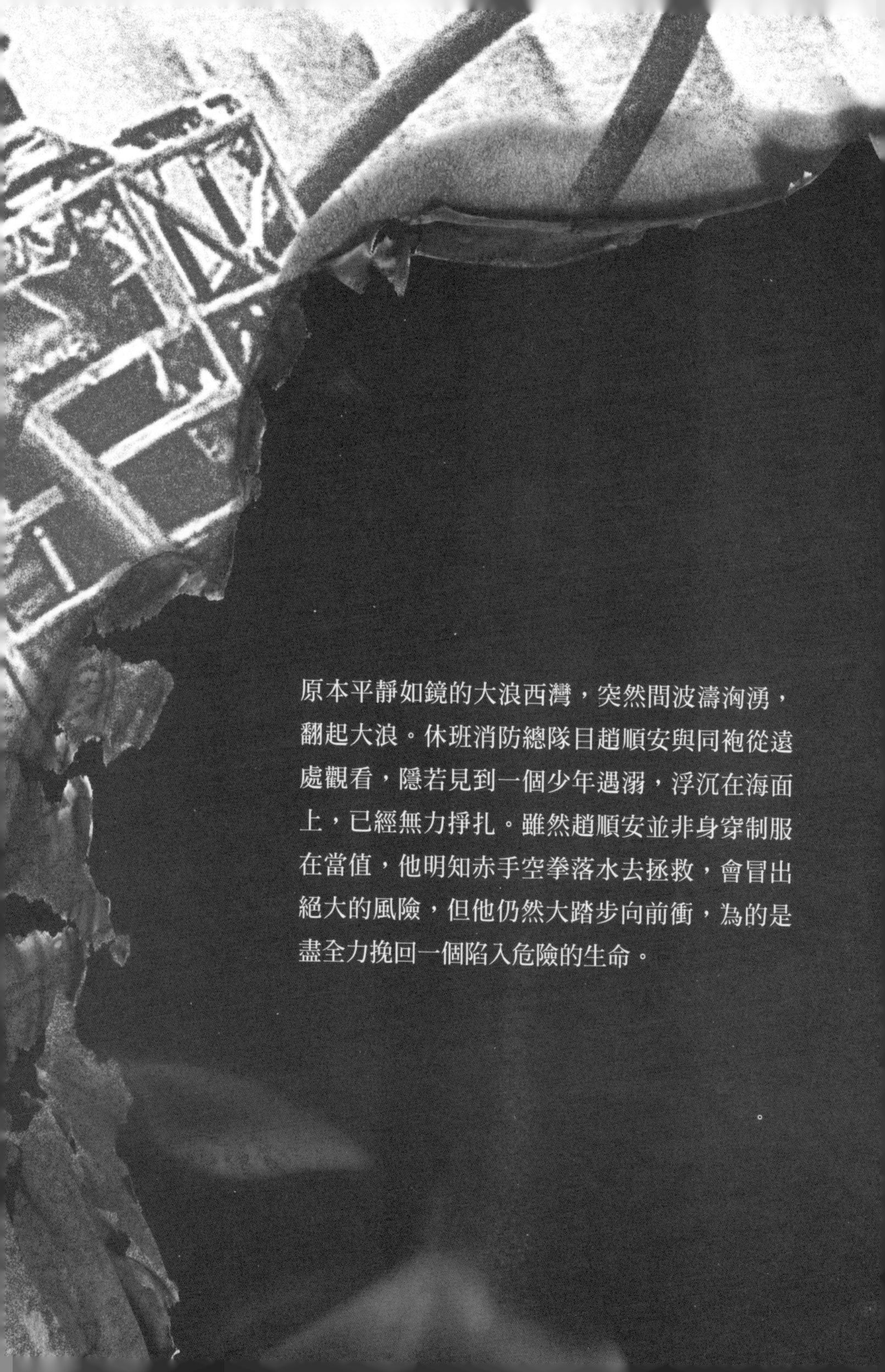

原本平靜如鏡的大浪西灣，突然間波濤洶湧，翻起大浪。休班消防總隊目趙順安與同袍從遠處觀看，隱若見到一個少年遇溺，浮沉在海面上，已經無力掙扎。雖然趙順安並非身穿制服在當值，他明知赤手空拳落水去拯救，會冒出絕大的風險，但他仍然大踏步向前衝，為的是盡全力挽回一個陷入危險的生命。

在2001年8月，上午10時，西貢大浪西灣看來風平浪靜，由高處望下去，波平如鏡，好似一個人間仙境。

消防總隊目趙順安與同袍趁休假，在西貢一帶行山影相，希望留下美好的回憶。

趙順安，人稱安哥，是典型的好好先生，做事從來不怕吃虧，最粗重的工夫，別人不願意去做的事，每每由他一個人擔起。

在局內，他的人緣最好，平日總見到他笑嘻嘻的樣子，特別惹人好感。要看一個人的性格，可以由他的日常細節入手。消防員有空閒時間，多數會打排球，既好玩又可以鍛練體能。本來這只是一場遊戲，但男人總愛爭強鬥勝，即使是遊戲，也會打得好認真，時常為了一個球，爭到面紅耳熱。

這個時候，都是由安哥出面做和事佬，有如做了球證，因為他有好人緣，而且為人正直公道，大家都會心服口服。不過，安哥待人寬容，卻律己極嚴，他特別注重自己的體能，入職二十多年，沒有一日放鬆。所以他的體能驚人地好，又擅長水中活動，相熟的朋友，都喜歡稱讚他是「大海蛟龍」。

當然，以他的泳技和體力，隨時可以游上十幾公里，所以相熟的人，無論如何都想不到，他最後的結局會和水有關。

## 大浪西灣的險惡

這一日，他和幾位同袍行西貢，由高處望下去，大浪西灣有如一位害羞的姑娘，清純似不吃人間煙火，說多美有多美。

同行的和仔讚嘆地說：「咁好景色，而個海灣咁平靜，有何理由會叫做大浪灣，根本名不副實。」

因為和仔第一次到大浪灣，才會有上美麗的誤會，其他人立即噓聲四起，笑指他見識實在太少。各人七嘴八舌地說：「睇嘢唔好睇表面咁淺薄，呢個海灣特別怪異，以前都唔知有幾多人中招，都因為太過睇少佢，以為包無出事，誰不知就好似無聲狗咬死人，呢度隨時都會發生好大的變化。」

西貢大浪西灣看似風平浪靜，但事實上危機處處。

## 水塘出事鬼作怪

「唔係啩，呢度咁淺水，加上無乜風，點樣惡，都唔會惡得去邊。」

「你係初哥，第一次嚟，唔怪你，第日你嚟多幾次，就會明白厲害，因為呢度水淺，如果突然之間吹起東北風，可以在極短時間之內，水勢漲高七、八呎，最攞命是有好強大的吸力，會將人大力扯出外海，簡直暗藏殺機。你如果霎吓、霎吓、真係以為好安全，咁就真係有七條命都唔夠死。唔怕話你知，呢度專收叻人，每隔一兩年，就會有人死。」

「和仔係細路仔，唔好再講啦，費事嚇親佢啦。」安哥一向好關照後輩，大家一齊出嚟玩，唔想和仔唔開心，影響所有人的心情。

「唔係想嚇佢，呢個係事實，大家做呢一行，過去都見唔少啦，但凡係水塘，只要死過一次人，以後就會多事。」

「係，你哋唔講起我都唔多覺，以前都聽過北角賽西湖未起樓之前係一個水塘，真係年年都會浸死人，又會咁巧合？」和仔仍然像牛皮燈籠，唔明白同袍講甚麼。

「咁都未明白？你唔係咁笨嘛？呢啲就叫做搵替身，因為被水浸死的人，都沒有心理準備，可能死咗都未知，到明白咗之後，已經過咗七七四十九日去投胎的時間，如果想做人，便要自己搵替身，先至可以及早輪迴，否則永遠要做遊魂野鬼。」

## 海水灌入海灣突變

「算啦，唔好再去嚇人。」又係安哥要求大家改變話題。

和仔一路行一路面青，雖然是日光日白，但各人講到咁可怕，在太陽底下，彷彿仍覺陰風陣陣，令人起雞皮。

「安哥，我唔係想嚇人，而係想俾多啲知識讓細路仔開吓眼界，以後做人都會醒目啲，唔會撞大板。」

「呃細路咩？邊度有咁猛鬼呀。」和仔個心係好驚，為了男性的尊嚴，都要扮有料死頂一番。

「噂，你仲唔信呀，如果唔信邪，又點樣去解釋年年都會有人在同一個地點浸死？」

「純粹巧合囉。」

「邊有咁巧合，呢啲叫『鬼搤腳』。」大家仍然想玩和仔。

「講來講去都係鬼，唔好當我咁笨，因為據我所知，好多時出事都係在大白天，試問太陽之下，鬼又點會出現。」和仔突然福至心靈，作出有力的反擊。各人都呆了一呆，一時間不知如何去辯駁。

至於安哥，突然之間沉默不語，因為他見到海邊遠處，出現了一條奇異的黑線，相信是遠方吹起了大風，大量海水灌入，令到平靜的海灣猝然波濤洶湧。

## 桃源變為毒婦

其實，這在大浪灣並不是甚麼怪事，只有外來人才會少見多怪，對於原居民來說，根本好平常。

安哥望了一會，突然全身一震，快步向海邊衝去。各人朝住他的方向望過去，就見到水面有一個黑點，原來是一個人頭，有一個少年遇溺，已經無力掙扎。

這時候，原本靜若處子的大浪西灣，變成一個猙獰可怖的毒婦。和仔在這一刻才明白，這個有時平靜溫柔的海灣，原來有截然不同的雙重性格，有時像是世外桃源，有時又會變成一個殺人不見血的兇手。

在此之前，和仔還是非常訥悶，何以這裡叫做大浪西灣，現在親歷其景，方知道名不虛傳，一翻起大浪，立即變成萬馬奔騰，有自然的威力，是人類血肉之軀所無法抵抗。

## 巨浪吞遇險少年

「安哥、安哥，唔好落水呀，要睇清楚環境。」其他同行的人，都大聲呼喊安哥要小心，因為這次翻起的巨浪聲浩大，非比尋常，彷彿有千條巨鯨在海中翻波逐浪，整個海面，煮成一鑊沸湯，處處都見翻起的漩渦。

若非置身在現場環境，實在難以相信一個平靜的海灣，猝然之間有如此巨大的分別，簡直劃分為天堂與地獄。

但是各人雖然大叫，安哥的腳步卻沒有停下來的跡象，他仍然大踏步向前衝，要盡全力挽回一個陷入危險的生命。

除了大浪，又刮起大風，一陣接住一陣，連番吹入耳鼓，有如一支號角，令到耳膜感到無比的刺痛。

大家落足眼力，用雙手擋住強風，望向遠方，只見遇險的少年，大約只有十五、六歲，驚惶地高舉雙手，但是他叫喊救命的聲音，早已被烈風所掩蓋，只能隱隱約約見到他的嘴巴一開一合，眼神充滿絕望。

在這種環境之下，並不是一個逞英雄的時刻，各人明知遇溺少年極之危險，但是沒有人夠膽冒死落水。只是無奈地手按住手，又想不出任何辦法。

## 拼命一博落水

眾人見安哥赤手空拳落水去拯救少年，雖然知道是冒著絕大的風險，但又有一種心存僥倖的想法，別人難以成功，但對安哥而言，卻有可能完成這個不可能的任務。

和安哥共事過的同袍，都見識過他驚人的體能和超凡的泳技，因為長期的苦練，加強肌肉的耐力，有如海中的蛟龍，無論天氣如何變壞，他都有方法在巨浪之中任意穿插。

當時亦有人提議報警便算數，叫做履行了公民的責任，因為擔心在如此惡劣天氣之下落水，會多犧牲掉一人的生命。但是和仔亦明白，在生死關頭只是打電話報警，和見死不救沒有太大的分別，到頭來都是眼白白望住少年被海神所吞噬。

和仔相信，安哥也是衡量過，與其望著少年枉死，不如放膽一博，也許憑自己多年的苦練，還有幾分生機。

安哥迎住烈風，大踏步走出沙灘，毫不考慮自身的安危，便向前方游去，怒濤一浪接一浪，有如連綿不斷的水牆，普通人也許寸步難前，但安哥仍可以傾盡全力，一尺一尺接近遇溺的少年，各人在岸邊亦為他喝采。

## 不放棄堅持拯救

「真係只有佢的驚人體力，先至可以游得出去，唔怪之得咁多人稱讚佢做海中蛟龍。」

和仔聽見旁人的讚美聲，亦有一份光榮，他早已視安哥做偶像，別人對安哥的讚賞，和仔同樣樂在心坎。

但是大自然的威力，有千萬噸的勁度，不是人類所能抗衡，安哥盡了最大的努力，終於接近了遇險的少年，但大浪一重重沖過來，他自顧不暇，看來無法將少年拖返岸上。

蛙人搜索多時，最終無法在死神手中奪回兩條性命。

和仔一顆心有如懸空，看到驚心動魄，他自己同自己講，祈望安哥在緊急關頭，能夠作出最艱難的抉擇，為免兩個人一起攬住死，應該放棄救人，而是要自救，否則再延誤下去，兩個人都有危險。

可是，安哥的心情跟和仔並不一致，多年的訓練，他只會永不放棄，而不是自動棄權，無論形勢如何兇險，他都死攬住少年的肩膀不放手，但見浪花一重重將他們兩人捲住走，慢慢向海中心扯出去。

## 大海吞噬二人

「死啦，今次大件事。」

「無理由咁樣，唔應該好心無好報，而安哥的泳技和經驗，無可能會出事，我仲相信他會游番上岸。」

大家在岸邊七嘴八舌，但都無能為力，眼見安哥一個人在怒海掙扎，和仔內心想，自己一向立志做一個負責任的消防員，要在最危險的地方，與死神角力，但將心比己，如果自己置身安哥目前的環境，是否有勇氣和不幸角力？和仔其實好了解自己的性格，他沒有這種英雄式的偉烈，一定會在緊急關頭放開手。

但安哥不是他，此刻安哥仍在怒濤中掙扎，在生死的邊緣，他仍然堅持救人的信念，死死地抱住少年的肩膀，被大海所吞噬。

各人目送安哥和少年的身影逐漸變小，有時在驚濤中冒出人頭，有時只剩白茫茫的一片，天和海都變成鐵灰色，充滿肅殺之氣。

# 和死神爭奪生命

天氣的變幻，每每出人意表，而大浪西灣的天氣，更像一個刁蠻公主，可以一夕三變化，正如早前風平浪靜，一剎那又會風雲變色，而狂吹一陣大風之後，未幾又見平復，如比女孩子發了一頓脾氣，又會心平氣和。

當其他消防員趕至，派出蛙人出海找尋，終於發現安哥和遇溺少年，兩人已無氣息，增添兩條冤魂。

在一旁看熱鬧的遊人，好多都有意見，有人甚至認為暴虎憑河，不計當時兇險的形勢，都要急於救人，是否有逞強之嫌？

消防隊目趙順安的兒子，手持父親遺照在大浪西灣現場拜祭。

和仔只是一臉苦笑，覺得世人太過天真和不明事理。試問要消防員出勤救人，有哪一次不是充滿危險？他們的工作，根本就是和死神爭奪生命，工作的性質，就是將不可能變成可能，要以超人的勇氣製造奇蹟。

## 無私英雄

在過去，便有無數生命，當面對危險的時候、無助和絕望的邊緣，仰賴消防員無私和勇敢逃出生天。

今次安哥出事，絕非因為逞一時之勇，而是他對生命的看重和對工作的堅持，只要有一分機會，明知犯難，也不會放棄。

和仔相信，就因為消防員之中，有許多人像安哥一樣為了拯救寶貴的生命，一秒鐘也不可以阻遲，亦因為他們有此信念，所以有不少人本來面對不可測的危險，最後卻可以獲救。

當人人都走精面，留在和仔心坎中是一幅永恆的畫面，在大浪滔天的沙灘上，人人都袖手旁觀，只有一名少年在掙扎，只有安哥一個人不顧安危，全力衝出沙灘，公以忘私，完全不理自己的安危。不以成敗論英雄，留下一份令人感動的偉烈。

# 浩園

1996年，政府在和合石公眾墳場內特別劃出一幅墓地，取名「浩園」，用以安葬殉職公務員。2000年9月，行政長官會同行政會議批准修訂，那些在執行職務時因為英勇過人的行為而殉職的公務員，以及那些因為英勇過人的行為而喪生或遇害的市民，永久土葬浩園。

2003年，五名「沙士」抗疫殉職的醫護人員，亦被安排安葬於浩園。

鑑於獲追授英勇勳章的殉職公務員，可以永久安葬於浩園。2003年1月，當局把位於和合石公眾墳場內浩園對面的墓地劃為「景仰園」，撥作因英勇過人的行為而喪生或遇害的市民的墓地。一如浩園的安排，獲行政長官追授英勇勳章的市民可在景仰園永久土葬。

救人英雄消防總隊目趙順安長眠浩園。

以下為部份安葬於浩園，為港人熟悉的救人英雄：

1987年陳潤良：於荃灣任合興工業大廈四級火中殉職的消防隊長，終年30歲。

1989年陳政瑜：於旺角新興大廈四級火中殉職的消防隊目，終年38歲。

1996年廖熾鴻：於嘉利大廈五級火中殉職的消防隊目，終年41歲。

1997年吳禮光：受訓期間殉職的消防員，終年35歲。

2000年梁錦光：於入境事務大樓縱火案中，英勇救人而殉職的高級入境事務主任，終年43歲。

2001年趙順安：在西貢西灣拯救遇溺少年時，不幸被海浪捲走身亡的休班署理消防總隊目，終年49歲。

2003年梁寶明：在打鼓嶺執行職務期間，於洪水中英勇救人而殉職的高級督察，終年47歲。

2003年謝婉雯：因照顧病人而感染上沙士去世的屯門醫院胸肺科醫生，非公務員；終年35歲。

下葬儀式上靈柩會蓋上香港區旗以表敬意。

2004年張振威：於筲箕灣天悦廣場地庫沙井意外中，因英勇救人而殉職的消防隊目，終年40歲。

2007年黃家熙：於品質工業大廈三級火中殉職的消防員，終年27歲。

2008年陳兆龍：因旺角嘉禾大廈大火中殉職的消防員，終年25歲。

2008年蕭永方：因旺角嘉禾大廈大火中殉職的消防隊目，終年46歲。

2010年楊俊傑：於長沙灣麗昌工業大廈大火中殉職的消防隊目，終年47歲。

2011年劉志堅：於中區行人天橋系統失足墜地殉職的偵緝警署警長，終年49歲。

2014年梁國基：於石硤尾一宗爆炸事件中被炸死的消防總隊目，死於49歲。

2016年張耀升：在牛頭角迷你倉火災中喪命之高級消防隊長，享年30歲。

2016年許志傑：在牛頭角迷你倉火災救火期間，因熱衰竭而死亡之消防隊目，死時37歲。

2017年邱少明：在馬鞍山吊手岩因拯救一對被困情侶時殉職的消防總隊目，終年50歲。

莊嚴的浩園是眾多捨己義士長眠之地。

## Case 05

# 荃灣工廈
# 烈火嬰靈

DARK SOULS

理智與感情之間往往難以取得平衡點，在生死時刻，眼見同袍在火場內像著了迷拼死撲救，火海之內，縱使大聲呼叫，也未能喚醒腦裡充斥救火念頭的消防員。在命懸一線之際，理智上知道前面是個陷阱，向前衝只有步向死亡；若走回頭路，卻又違背出生入死、手足情深的好拍檔，情感上卻有所為難，便不自主地與死神亦步亦趨。

「我想問你呢個問題好耐，點解你會咁鍾意小動物同細路哥？」老趙同陳潤良份屬死黨，好多事都所不談，但是每個人都有自己的私隱，仍然有不可觸及的禁區，這次老趙因為休假，同陳潤良啤一啤佢，趁住些微酒意，才夠膽追問這個問題。

其實，在所有紀律部隊當中，應該以消防員的感情最好，因為無論遇上多危險的環境，他們都要一齊上，經歷過太多生死路，面對無數危險，慢慢就會成為貨真價實的生死之交，有時比親兄弟還要親密百倍。這些深厚的感情，是長年累月由烈火所鑄成。

老趙所以不敢啟齒，是這個問題看來有點娘娘腔，他一向以真正的男人自居，又自認不八卦，故此要死忍，否則豈不是成為八卦公？

但他內心又實在覺得好奇怪，以阿良一個雄赳赳的壯男，手瓜有18吋粗，有如拳王一樣的體魄，怎會有此柔情，這樣喜歡孩子和小動物。

## 男人感情較內斂

「你同我同期畢業，大家咁耐朋友，竟然唔知我的脾氣，要問我一個咁難答的問題，仲算唔算係老友先？」陳潤良板起塊面，似乎有點怒火在燃燒。

「唔好介意，我都係多嘴問幾句，本來都唔想出聲，因為同你咁好傾，加上飲多兩杯，才會開口問幾句，如果唔方便，你唔使理我，就當我無出過聲。」老趙是典型的老實人，從來講一句，算一句，唔會轉彎抹角，所以看唔出陳潤良只是詐嬲，還以為冒犯了老友。

「算啦，我只係玩吓你啫，你唔好見怪就真，我所以喜歡細路哥同小動物，根本好平常，我相信大多數人都會咁樣做，我反而唔明白，點解你會覺得奇怪。」

「唔係呀，在我的角度去睇，一個大男人，會將感情內歛，唔會隨便顯露出來，更何況係細路同小動物，呢種事好似一啲娘娘腔，只有女人先至會咁做。」

## 性情溫馴惹誤會

聽完之後，反而輪到陳潤良唔想出聲，因為他想起，老趙出身在一個好保守的家庭，父親是家中的皇帝，所講的每一句說話都是聖旨，無人可以挑戰他的權威，而為了顯示與眾不同的超然身分，他要增加一點神秘感，平日不多言，見到小孩子和小動物，更加不會隨便觸摸，否則會自覺似一個女人。

可以想像，在這種環境長大的人，潛移默化之下，一定受到影響。正如老趙，可能是一個好感性的人，卻因為不自覺地模仿自己的父親，同樣不會輕易流露感情，所以見到阿良的表現，感到好驚訝。

老趙實心實眼，見阿良唔出聲，仍然去追問：「唔方便講呀？隨便你啦，我都明白內情或者好難堪。」

「難乜嘢堪呀？你又想咗去邊？我真係唔明你在想什麼。」阿良只覺得對方牛頭唔搭馬嘴。

「唔好逼我啦，真係唔想問，我都知道呢啲咁私人的事，唔應該講出口，反正你自己事，又無傷害到其他人。」

「你講到咁嚴重，唔講唔得，你究竟想了去邊？」阿良隱隱約約估到，這個老實人，一定想錯去了大西洋。

## 愛小動物不等如基

老趙聽完之後，一來被阿良逼得緊，二來好奇心驅使，他大口大口飲了一杯啤酒，再拍一拍心口，甚麼都豁出去，「好啦，你咁大方，我都唔客氣，你咁有愛心，係咪只係喜歡男人？」

「哈哈，我以為你估乜嘢，原來差天共地，你唔好再講，以免笑死我。」

「我估錯咩？一個大男人咁喜歡細路同小動物，唔係嗰種人先會咁咩？」老趙見到阿良的反應咁大，亦知道擺了一個大烏龍。

「我都知道你唔聰明，但點都想唔到你會蠢成咁，呢個想法忍了咁耐，今日趁住飲大兩杯先至敢問，都好難為你啦。」

「你唔好怪我估錯，只係你的作風令人思疑，無理由一個咁陽剛味重的人，所喜歡做的事又會咁婆婆媽媽。」

「你又想錯去大西洋啦，喜歡小朋友同小動物係人之常情，同性取向毫無關連，你自己太保守先至有咁離譜的想法。」阿良本來脾氣甚好，又可以順得人，但聽完之後，仍然感到好谷氣，想唔到這個老友兼同事的思想會咁奇特。

## 做人基本要有愛心

「係咩？我屋企人唔係咁啊，我哋習慣將感情收埋，唔容易流露，特別係男人老狗，無理由見到小朋友又摸頭又摸面，見到狗仔又會攬攬錫錫，係我的角度去看，除非這個男人有啲女人的傾向。」老趙將心比己，自己是這樣想，便以為全世界的人都是同一個模來鑄造。

「我唔係唱高調，只係講好普通的道理，有愛心係做人的基本原則，應該去尊重世間上任何的生命，即使係好卑微，甚至係一條蟲，都唔應該隨意將佢整死，呢啲係好自然愛的流露，你都應該有。」阿良平日好少講耶穌，只因突然間興起，才講多幾句。

老趙一時之間唔知道如何回答，沉默了一會，暗地裡想住阿良的一番話，愈想愈覺得好有道理。其實自己亦是一個有情人，只因為習慣使然，唔輕易表現出來，才讓人有一個錯覺，以為他是鐵石心腸。

「聽你講到咁有感覺，對萬物都有情，唔通你係佛教徒？」

「我覺得同係咪教徒無關，我所講的事物，其實都係好基本的人性，只要稱得上係人類，都可以做得到。」

## 交出真心互信賴

「你咁樣講，即係諷刺我以前唔係人啫？」老趙聽聽下覺得唔對路，懷疑對方指桑罵槐，暗示自己唔係人。

「你太多心啦，大家拍檔咁耐，你係咩嘢性格，我一眼便可以看得穿，你係嗰種好內斂的人，外表冷冰冰，內心就有一團火，熱到可以燒死人，我好相信你的為人，如果要入去一個全世界最危險的地方，我會毫不猶豫就會選擇你，只有你才值得我的信賴。」

聽完阿良這番真情對白詞令，平日拙於詞令的老趙突然間面紅耳赤，別人的讚賞，反而令到他好難為情。

「唔好咁講啦！」他拉住阿良的手，內心好激動，因為人生難得一個知己，何況對方如此看重自己，簡直有如古人的生死相託。

兩個大男人，一人一杯，大快豪情，從此感情上更為深厚，都講過，做消防員永遠走在「危險最前線」，在生死關頭，是人性大考驗，可以看透靈魂的最深處，不能有半分掩飾。

但他們未想過，這一次開心，卻是今生今世最後的一次，一場四級火，將最堅穩的友情都化成了灰。

## 火焰帶紫藍屬有毒

1987年秋天，荃灣一幢工廠大廈的火警鐘大鳴，因為這類工廠大廈多數有危險品存放，起火未幾，煙火沖天，附近幾條街道都被濃煙所籠罩，許多條巴士線都要緊急改道。

阿良所屬的消防局最先派人趕到開喉灌救，但是噴出的火焰帶有紫藍色，相信含有有害氣體，多吸入肺部，都可能有致命的危險。所以在灌救之時要格外小心，除了噴水以降低現場溫度，又要用化學泡沫，才可以有效控制毒火。

消防員對付煙火，和打一場大戰基本的元素沒有太大的分別，都是分點包圍，防止煙火再向四周蔓延，各自擊破，再找尋求火源的核心，要肯定完全熄滅，仍要繼續射水幾分鐘，好去防止死灰復燃。

因為許多時明明見到火勢已經熄滅，但轉瞬之間，又見火光熊熊。這都因為現場的溫度太過高，甚至接近燃燒點，其他本來已熄火的灰燼，受到過高溫度的影響，又會再次燃燒，故此必須不斷射水。

## 火中傳來小孩叫喊

但今次這場火來得好怪異，一時大，一時細，令人疲於奔命，阿良和老趙同一組，沿住樓梯逐層逐層向上進攻，到了十三樓，只見前面轉角處有大股濃煙，夾有藍色的火，看起來有如地獄深處，隨時要面對不測。

老趙突然之間覺得好頭痛，這種痛法以前從未試過，像似在大腦之內有一把錐，大力大力地插，令他感到陣陣暈眩。他想按摩一下太陽穴，又不能除下頭盔，而痛楚慢慢擴散，以致全身發軟，幾乎立足不牢。

好奇怪，他想求救，但卻發不出聲音，他要大聲講話，只感到咽喉一陣抖動，他想扶住牆壁，一摸之下，像觸電一樣要縮開，因為燃燒得太久，已經變成一幅火燙的牆，他好像聞到手掌被燒焦的肉味。

這個時候，隱約有小孩子的聲音傳過來，他覺得無可能，定一定神，仔細去聽，起初只有火焰燃燒雜物的剝落聲，但再聽下去，果然是類似小孩子的哭喊聲，喊了幾句，還有幾聲叫救命。

## 邪魅暗藏烈焰中

無可能，無可能，在這種情況之下，裡面無理由還有人受困，況且烈焰狂燒，任何生物都不能生存多過三分鐘。老趙入行這麼多年，以為甚麼怪事都見過，但和這次相比，通通變成了小兒科，他所聽見

在過千度高溫的火場當中，往往有難以估計的突發情況。

的喊聲，驚慄過午夜怪談。

一定係撞邪，千祈要定下心，不要被邪魔外道所蠱惑。老趙盡量定下心來，同自己打氣，但他愈是這樣講，內心愈是驚慌，一顆心有如打鼓，卜通卜通地響個不停。不單如此，隨住小孩子的哭喊聲，他又聽見幾陣狗吠聲。

「真係邪得交關，今次真係撞鬼。」老趙苦笑不休，以前認為只要行得正、企得正，就會不害不侵，原來道高一尺，魔高一丈，竟然在最危險的火海，被邪妖所誘惑。

老趙讀書不算多，但亦記得看過希臘神話有一隻海妖，每每用歌聲去整蠱船員，如果夠機警，便用布塞實自己的耳鼓，否則便會被歌聲所刺激，弄至精神失常。這種情況和現在相似，都是在不可能的情況下，聽見不該聽見的怪聲，老趙亦明白一定「唔慌好嘢」，他亦想用手掩實耳朵，但被頭盔所阻，惟有用盡精神的力量去抗衡。「唔好搞我，全部係幻覺，唔係真的，我根本聽唔到任何嘢。」老趙自己安慰自己，以免心神散亂。

## 聽不到同袍勸止

此時，老趙突然見到阿良一步步向冒出煙火的樓梯深處行過去，他連忙示警大叫：「唔好呀，唔係真的，只係一種幻覺，唔好再行埋去，好危險。」

只可惜，阿良像是全無反應，還是一步步行過去。

「你過去做乜？停低啦，裡面無人喺度。」老趙再次大叫，他猜估阿良可能同樣聽見怪聲，以為真的有小孩子和狗隻受困。

老趙心中在想，阿良是一個醒目仔，反應奇快，比自己優勝多多聲，如果自己都知道這種小孩子和狗吠的聲音有古怪不會受騙，照道理阿良一樣看得穿當中有詐。但他轉頭一想，立即冷汗直標。

「死啦，阿良唔同我，佢一向好鍾意小朋友同小動物，一見到佢哋就會好熱情，如果佢太過關心，就會影響到自己的判斷，真係走去火場核心，咁就大件事。」老趙愈想愈心寒，惟有放大喉嚨大叫示警。

但是阿良似乎沒有反應，仍然堅穩地一步步向前移動，他為了救人，有泰山崩於前而色不變的決心。他這份定力，以前最為老趙所欣賞，可是在今次，老趙多希望阿良會改變主意，倒後返回安全區域。

## 跟隨同袍進入險境

「阿良，你醒吓啦，你唔係真係聽到有細路叫救命呀，呢啲係蠱惑嘢，可能係啲污糟嘢喺度整蠱作怪，存心要去害人，你當聽唔到，返轉頭啦，再行多幾步，就會好危險，可能呢一世都唔會出番嚟。」

無論老趙叫到幾大聲，阿良都沒有反應，依然向前走。事實上，這時候太過大火，入過火場的消防員都明白，大火吞噬所有雜物，有如一頭大怪獸，會發出好大的咀嚼聲，十分之刺耳，這種聲音，足以將老趙的提示警告遮蓋。

在生死關頭，老趙亦想過，人生得一知己死而無憾，也想跟隨阿良一起犯險，但是眼前的一幅火牆，太過恐怖，火焰似乎變成鮮紅色，又似一隻殺人不見血的天外殺手，老趙充分了解，即使自己奮不顧身，亦不能幫到阿良甚麼忙，到頭來，只是和他陪死。

可是人之所以為人，皆因有深厚的感情，和阿良多年來出生入死，交情之深厚，不是普通人所能明白。除非出入過戰場，隨時命懸一線，才可以了解這種想法。

所以老趙明白一件事，理智上知道前面是個陷阱，情感上卻有為難，不自主地跟在阿良後面亦步亦趨。其實老趙仍有一半清醒，知道自己可能亦受到蠱惑，被一種不知名的邪惡力量所影響，以致步向死亡之路。

## 聚頭只望來生

行了十幾步，老趙內心好矛盾，一方面知道再走下去一定永不回頭，一方面又無法控制自己的步伐。而在前進間，天花板受熱過久，突然間有大幅剝落，跌在老趙面前，發出一聲巨響，亦因為這一阻撓，令到老趙突然醒了一醒。

老趙緊急停步，面上不斷滴下汗珠，因為太過接近火源，內心火熱如一座火山，恢復理智之後，立即向後退。

他向後，阿良卻向前，然後在老趙眼前升起了一幅火網，阻隔了他的視線，老趙提起滅火喉，不斷射水，未幾其他同袍亦趕至，多條水喉夾擊，終於將火牆射退。但阿良已仆倒地上，身上有多處傷痕，各人將他緊急送院，但內傷太重，無法救治。這應該是受到高溫影響，外表未必可以看得出來，體內器官已受到嚴重損害。

阿良的死亡，對於老趙而言，內心的傷痛好比死去自己的親兄弟，過去同生共死的情景，如今歷歷在目，但是天人永隔，要聚頭，只有望來生再見。

## 哀莫大於心死

在老趙的內心深處，仍有一個不會人知的秘密，因為他多多少少覺得，阿良之死，自己可能要負上一點責任，當日如果自己肯上前阻止，或者結局會改寫。

因此在這不幸的日子之後，本來做事積極奮發的老趙，變得得過且過，和從前的勇銳，簡直判若兩人。

有不少同袍都為他感到難過，不忍心見到一個硬漢子，突然之間變成一個軟巴巴的人，見到都覺得不舒服。

三哥以輩份而言，亦算是老趙的師兄，所以有此資格和他講幾句說話：「係人都會有一次死亡機會，以你的經驗早應該看透，不會為了一個同袍的死亡，而會變成這個樣子，根本不似你的為人和歷練。」

面對親如手足的同袍徇職，錚錚漢子也不禁流下男兒淚。

老趙聽完之後，只有一臉苦笑，有好長一段時間不想講話，他只覺得天地之大，好像沒有一個人能夠明白自己。

他呷了一杯酒，又再苦笑，今次輪到三哥苦笑不休，覺得哀莫大於心死，一個人內心的悲傷到了極點，比死灰更加不如。因為死灰尚可復燃，但內心已死，就好像永遠僵直不動。

## 同伴去世自責難面對

「你打算幾時才肯面對現實？」三哥迫不得已，要同老趙講真話。因為他不想繼續下去，看住一個鐵人變成雪人。

「火唔燒到肉唔知痛，你當時又唔在場，自然唔會了解我的心情，我親眼見到好朋友兼好同事一去無回頭，自己又似乎未盡全力，當然心情好難過。有時半夜睡不著，我都會想，假如當日同佢一齊共同進退，會唔會有得救呢？」

「第二個係咁樣想，我都無話可說，但以你的經驗身經百戰，就無理由講呢一番說話，因為當日的火場燒到七彩，最少都有過千度，任何生物都無機會生還，你無端端責怪自己，真係自己攞嚟辛苦，從頭到尾都唔關你事。我可以夠膽講一句，阿良死而有知，都唔會贊成你咁做，佢無理由要你一齊陪死，大家份屬老友，佢只會想你開開心心活下去。」三哥苦口婆心，希望對方不要傷春悲秋，做番一個大男人。

## 放不下義氣兩個字

「唔係呀，我真係咁樣想，當日應該一齊犯難，總之有佢有我，無佢亦無我。」老趙是老一脫人的思想，腦海內只有義氣兩個字。「我死都放心唔落，阿良咁機警，講句唔好聽，死我都未應該死佢，點解命運會咁離奇。」

「世間上有好多事都無法用科學去解釋，特別係做我哋呢一行，個個隊員都咁用心，個個都係抱住救人的公義去做事，但每隔一段時間總會發生意外，無論我哋幾咁小心都無用，係要輪到你便無得避，一定有人要去應咗呢個劫數。」

「你講得無錯，但係即使要死，我都應該劫數難逃，因為在最大火的時候，我都隱約聽見有小朋友和狗隻的吠叫聲，點解我又無事呢？」

「呢啲可能係你前生積下的福份，到今世還番畀你，才會在最危急的關頭，你夠定力不受蠱惑，否則只會死理一堆。」

「我好奇怪，究竟係咪有小朋友叫救命呢，還是我聽錯？但我記憶所及，真係聽到好清楚。」

# 沒有貪生怕死

「既然你認為無聽錯，點解你又唔去救人？會唔會係你怕死？」

「唔係，我唔敢話自己好勇，但亦絕對唔會貪生怕死，我唔入去，係覺得係這樣環境之下，無可能會有小朋友係度，因為任何生物都唔會有生存機會。」

「我就係借呢個機會點醒下你，你唔係聽錯，我都信你係聽到有小朋友同狗吠聲，只不過呢啲聲音唔係真實，而係邪魔外道所裝扮，目的係引人去替死，換言之係找替死鬼。」

「咁點解我又唔會俾佢蠱惑到，阿良精明過我咁多，反而會中招呢？」

「呢啲就要睇你時運高定時運低，如果撞正你當黑，咁就乜都唔使講。」三哥早年跟高人學過星相占卜，對於命運有一點領悟。「唔係聰明人就一定會上位，同樣道理，唔係夠醒目就可以飛越鬼門關，有時真係要睇你家山發唔發。」

「點樣先至知道時運的高低起跌？」

「人生路漫漫長，有如海洋和潮汐，每一段時間都會出現高低潮，碰上危險的時候，撞正你時運高，你就會特別醒目過人，亦即是俗語所講的福至心靈，可以避過一劫，相反而言，你的時運低，頭頭碰著黑，就會好易撞板。呢啲同你個人能力無關，只能話運數使然，你再折磨自己都無用。」

老趙聽完三哥一席話，內心安祥了不少，但是每一次回想起和阿良並肩作戰的日子，心房仍然感到一陣抽搐。他惟有將柴灣永遠墳場一幅對聯作自勉，對聯是這樣寫的：「仰望雲天懷故舊，早登佛地悟真常。」

# 處理化學品及有毒氣體

進入儲藏大量危險品的火場時，消防員需要穿戴不同的裝備，以抵禦火場內可能洩漏的化學品及有毒氣體。

## 化學物品保護袍

【功能】

化學物品保護袍是由特製的聚氯乙烯及具抗化學物品功能的物料合製而成，可保護人員免受現場的有害化學物品傷害。人員穿著化學物品保護袍工作時，應配戴合適的呼吸器裝備（呼吸器或防護口罩）。

【規格】

本港消防處共有三款化學物品保護袍，分別為A袍、B袍和C袍。

A級化學物品保護袍是完全包裹全身的密封衣物。A級級別表示現場環境極為危險，可能存在危害呼吸器官、眼睛或皮膚等有害的蒸發氣體、有毒氣體或微粒，以及人員可能受到有害物品濺潑、或沉浸或接觸到有害物質。人員穿著A級保護袍時，須要使用正壓式的孖樽呼吸器（TCBA），將呼吸器配戴於化學物品保護袍內。A級化學物品保護袍是提供最高程度保護的防護性衣物，適用於處理現場存有劇毒或未知名化學物品的事故。

B級化學物品保護袍是包裹全身的保護衣物。B級級別表示現場環境

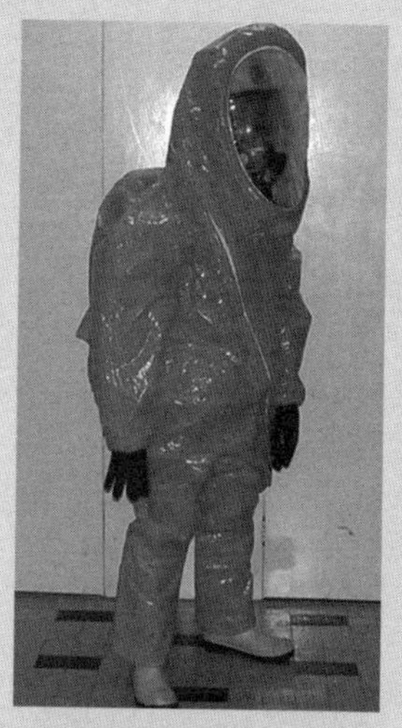

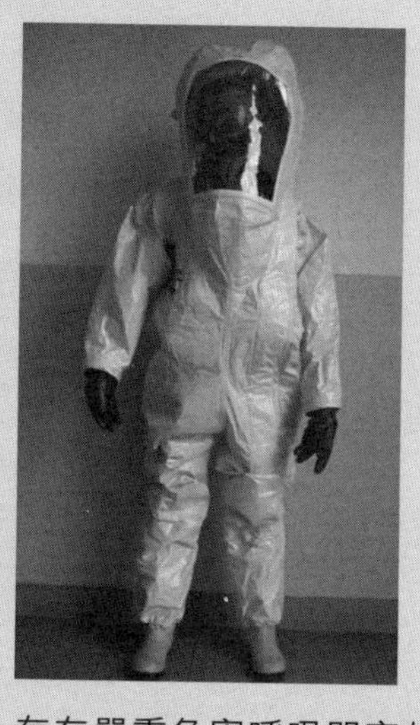

A袍（左為「開普樂」，右為「杜邦」

C袍

存在嚴重危害呼吸器官的危險，至於受到皮膚傷害的機會則較少。人員穿著B級化學物品保護袍時，須要配備正壓自給式的呼吸器（SCBA）或喉管式呼吸輔助器（ALU），以及後備呼吸器，袍外再加穿抗化學物質保護頭罩。B級化學物品保護袍是提供高度保護的防護性衣物，適用於處理已知存在何種化學物品及其濃度不需使用A級防護性衣物的事故。

C級化學物品保護袍保護人員不會被化學物品濺潑而受傷。C級級別表示現場環境需要

較低程度的防護性衣物，以確保呼吸器官不會受到損害。C級化學物品保護袍適用於處理已知存在何種化學物品而其份量遠低於所訂定暴露限量的事故。人員穿上C級化學物品保護袍時，應配備防護口罩。

## 有毒 / 可燃氣體探測器

【功能】

有毒/ 可燃氣體探測器是一個細小輕巧的探測/ 警報器，可探測超過125種有毒或可燃氣體。拯救人員進入密閉空間時，必須攜帶該探測器。探測器可自動探測肇事現場的大氣中是否有毒/ 可燃氣體的存在，當探測到任何其中一種有毒或可燃氣體時，探測器都會發出聲響，以示警告。

# 熱能探測器

【功能】

熱能探測器設計輕巧（2.2公斤）和堅固。它的自動虹膜和廣角固定焦點鏡片對距離一米遠的事物都能產生鋭利雙眼視覺的影像。熱能探測器與紅外線照相機相類似。它量度紅外熱能輻射和不同物件的溫度偏差，從而產生黑白的影像。溫度較高的物件在顯示屏顯示出來的影像比較白一些。每一輛升降台車都配備一部熱能探測器。熱能探測器能在煙霧、黑暗及能見度低的情況下準確找尋傷者位置、火源及任何潛在的熾熱地點。

# 氧氣及燃燒氣體監測器

【功能】

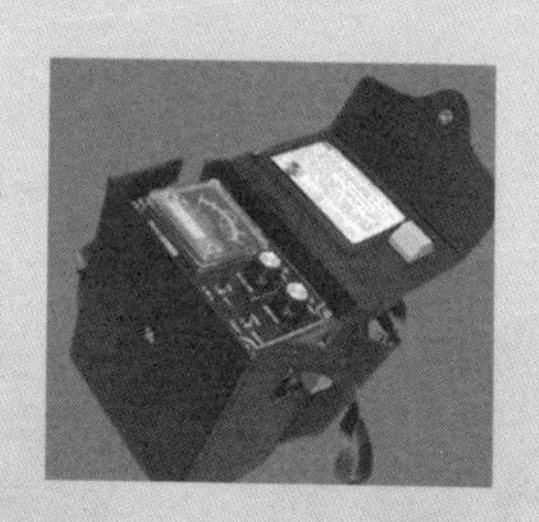

氧氣及燃燒氣體監測器是一部手提偵測儀器。它從監測器附近抽取空氣樣本或用喉管抽取密閉空間工地的空氣樣本。探測器上的指針會顯示氧氣及最小氣體爆炸濃度的百分比。當空氣中氧氣濃度低於18%或可燃氣體濃度超過最小氣體爆炸濃度的25%時，探測器便會發出警號。氧氣及燃燒氣體探

測器可探測密閉空間工地如沙井、儲油缸、船艙等的氧氣及可燃氣體的最小爆炸濃度。

## 高度膨脹製泡機

【功能】

高度膨脹製泡機是由一具製泡機及一條（可選擇性）的塑膠喉管組成。製泡機內裝有一把由水力轉動的風扇。該風扇轉動時所產生的風力會把泡液吹向金屬網，泡液和空氣混合後通過該金屬網排放出製泡機外，形成高度膨脹泡沫。

製泡機把製成的高度膨脹泡沫注入發生火警的密閉空間如地庫等，泡沫可把火場的熱氣和濃煙從火場排出，有冷卻火場之用。高度膨脹製泡機的最高出泡量為每分鐘192立方米。在接駁伸縮軟性喉管後，此製泡機亦可作排煙用途，其最高排煙量為每分鐘280立方米。

# 鋁質抗熱袍

【功能】

抗熱袍整套包括連身衫褲、手套、靴套和備有金色反射面罩的頭盔，並可容納使用者配戴煙帽工作。抗熱袍可應用於空難拯救或火警、大型油火、燃氣火災或其他類似的事故。此等情況下，往往遇到因輻射熱力而產生的高溫，鋁質纖維的表層可以有效反射高於攝氏1,000度的輻射熱力。

【規格】

- 質料：鋁質纖維
- 重量：5.5 公斤
- 耐熱：華氏200度/攝氏111度環境 / 溫度；華氏2,000度 / 攝氏1,111度輻射熱力
- 製造：美國

*資料來源：消防處

# Case 06

# 危險遊戲 地獄特訓

# ENDGAME

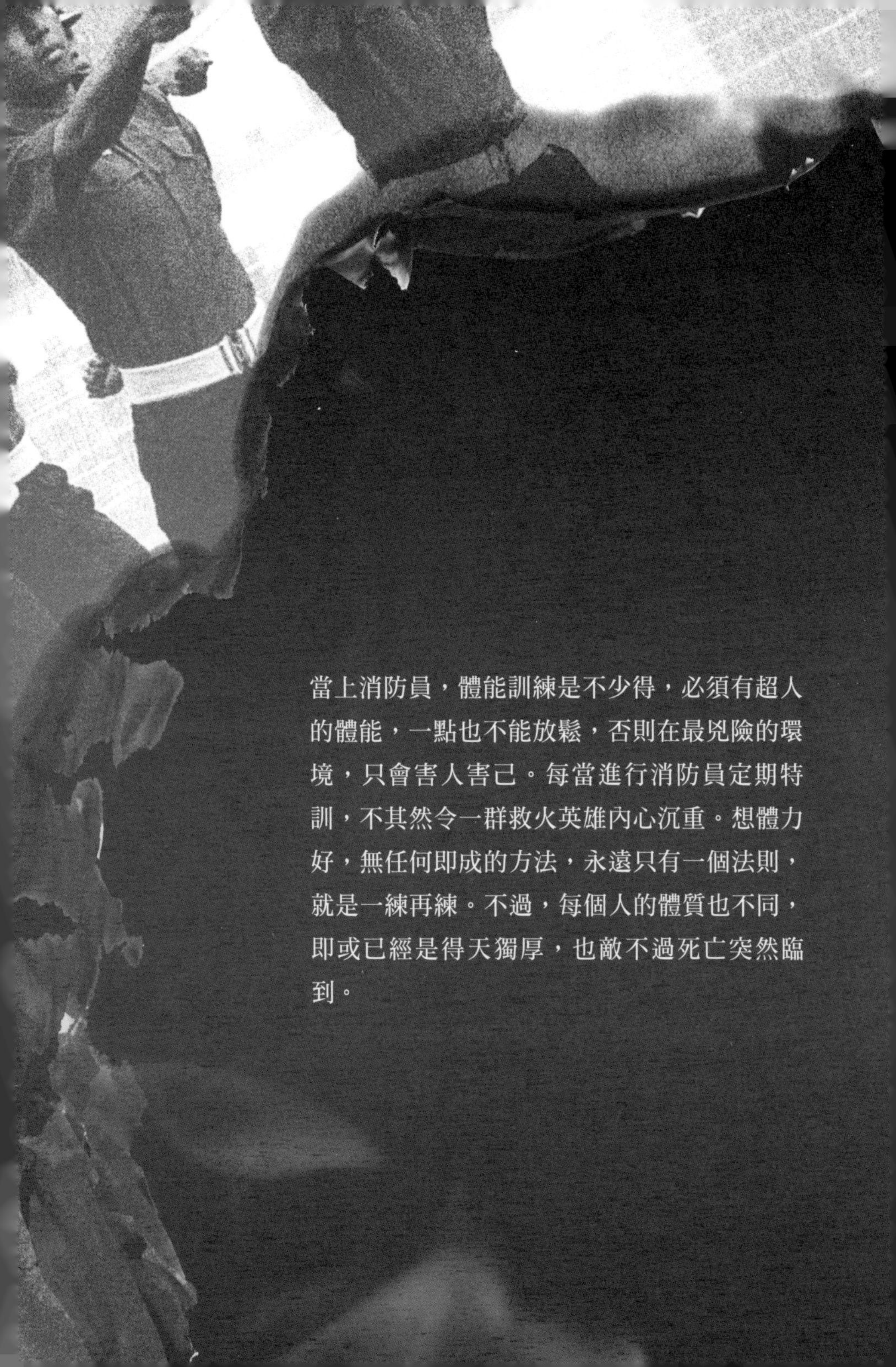

當上消防員，體能訓練是不少得，必須有超人的體能，一點也不能放鬆，否則在最兇險的環境，只會害人害己。每當進行消防員定期特訓，不其然令一群救火英雄內心沉重。想體力好，無任何即成的方法，永遠只有一個法則，就是一練再練。不過，每個人的體質也不同，即或已經是得天獨厚，也敵不過死亡突然臨到。

1997年香港回歸，消防員發仔心情特別興奮，至於因何這樣開心，他自己也解釋不了，可能愛國的情懷是與生俱來的感情，從此香港再不是殖民地，可以洗脫百年前的恥辱，因而份外高興，趁住假期，日日去玩，體力大量透支。

「你死啦，玩到咁盡，成個人散散地，過幾日要做例行訓練，睇吓你頂唔頂得順，過唔到關你就知味道。」馬仔為人謹慎，一早就高度重視這個訓練，所以早睡早起，將體能催谷到最頂點，足以應付任何挑戰。

「有乜大不了啫，年年都要考一次，都慣啦，我真係驚都未驚過，對自己有信心，總之煮到嚟就食。」其實經過馬仔一嚇，發仔亦有點心寒，因為他亦明白，這個所謂例行訓練都唔易捱，需要打真軍。

## 最重要差足電

所有紀律部隊基本上每年都要做一次特訓，以保持充沛的體力和警覺性，不過，同樣是特訓，在要求的程度上都有明顯的差異，有些是例行公事，隨隨便便就可以過關，但是消防員的要求最嚴格，他們形容是地獄特訓。

「你的自信心太強，但實力太小，你係發仔，唔係光仔，如果佢咁樣講，我就信到加零一，你講的話，信一半都有多。」

大家一提起這個光仔吳禮光，都無話可說，因為光仔的體能練到最足，好多同袍都讚佢似泰山一樣大隻，好像有用不完的精力。

「唔好讚我咁多，都係普通人一個，其實想體力好，無任何即成的方法，永遠只有一個法則，就是一練再練，練到夠本，人體有時和一　電池差不多，都是要差足電，自然成為一舊超力電池，比別人優勝。」光仔為人好謙虛，從來不會認叻，你若是讚得佢太多，他反而會面紅。

「你唔使講咁多啦，我認為每個人的體質不同，你就得天獨厚，練唔練，都可以咁弗，唔同我，去玩幾日，已經變晒樣，真係同人唔同命。」發仔連嘆幾口氣，因為他好擔心，快要進行的地獄特訓。

## 特訓出現休克

以前都試過幾次，明白這一套遊戲規則，做得消防員，一講到體能的訓練，從無側側膊，一定要打真軍。因為做其他紀律部隊，關上門講句唔好聽，還可以將將就就，但是要在火海中救人，必須有超人的體能，一點也不能放鬆，否則在最兇險的環境，只會害人害己，所以這個特訓，每每令人覺得內心好沉重。

「唔使講咁多，過幾日就要看真章，亦都唔使怨，我哋入得呢一行，就知道要賣命，乜都要講求力度十足，總之大家肯練足夠，無理由唔可以過關。」馬仔自己知自己事，體力唔係好過人，惟有將勤補拙，因此都算練得幾好，只有發仔體力唔夠，又掛住去玩，要面對大挑戰的重要時刻，才覺得心虛。

進行特訓的幾日，馬仔勉強叫做及格，比上不足，比下有餘，他亦感到滿足，在休息淋浴時，突然聽到其他師兄氣急敗壞地說：「出事啦，有人休克，入到醫院，分分鐘唔得。」

## 危險遊戲地獄特訓

「弊啦！都叫佢唔好成日掛住去玩，應該練好一啲。」馬仔未有抹乾身，已經跳出來，匆匆穿回衣服，要趕去醫院探望。他一聽見有人出事，第一個反應，便是發仔中招，皆因發仔的體能一向是「有限公司」，更何況這幾天掛住應酬，甚至睡眠不足，要進行地獄特訓，對他而言，本身就是一個危險遊戲。

他坐的士去到醫院，一口氣走去病房，已見到幾位同袍在流著眼淚，心中更是驚惶，擔心有不幸的事要發生。

「發仔，發仔，你千祈要平安。」他自言自語，雙手合十在祈禱。

突然間，有人在他背後一拍，馬仔猛然回頭，望了對方一眼，突然大叫一聲，驚訝地問：「點會係你？」

原來他一心一意以為中招的人一定是發仔，哪裡想到發仔突然出現在自己的背後，完全沒有心理準備，才會大叫起來。

「你撞鬼咩，叫到咁大聲，我咪我囉，有乜咁出奇？」發仔不明白箇中情由，所以責怪發仔大驚小怪。

## 不相信泰山出事

「我一聽見有同袍在訓練時昏迷，第一時間就想起你，你怪我都係咁話，係我認識的同袍當中，體能最差就係你，再加上你話畀我知，慶祝香港回歸，連續玩了幾晚，必然剩番半條人命，所以聽見有人出事，好自然就想起你。」

「你睇嘢唔好只係望表面，有啲人深藏不露，平日扮謙虛，你就當我無到，我呢一種正式係鋼條型，最好捱，又夠硬淨，只係你有眼無珠，才不識好歹。」發仔同馬仔恃熟賣熟，一有機會就反咬一啖。

「算啦，大家老友鬼鬼，但求你無事，俾你窒幾句又幾咁唔閒。」馬仔拍拍發仔，好慶幸並非死黨出事。

「咪住，唔係你中招，又會係邊一個？」馬仔突然一問，發仔亦無言以對，兩個人急急腳走去病房門外，只見大班同袍圍到滿，人人都面露愁容。

「師兄、究竟係邊一位受傷？」馬仔好焦急，即使唔係發仔，亦唔想有任何人出事，最好便是天下太平。

「你哋唔知咩，係光仔呀，事前真係打一句、問一句，都勢估唔到會係佢，一個體能咁好的人，點可能會咁樣收場。」旁邊的同袍一人一句。

消防員平日訓練嚴格，所有項目都風雨不改地進行。

## 鐵漢猝死成迷

發仔同馬仔聽見，一齊彈起身，幾乎唔相信自己雙耳：「唔好玩啦，做乜呢個時候，仲開咁樣的玩笑。」

「你以為玩呀？亦唔怪你，頭先我先至嚟到，聽見其他人講，同樣張大嘴巴，唔知講乜嘢好，因為真係好難相信。」

「話就話叫做地獄特訓，但唔怕失禮講句，對於我呢種人嚟講，真係好大壓力，分分鐘驚住會暈低，但對於光仔來說，只係食生菜咁食，佢操到咁弗，平日都練到好勤力，無理由會昏迷不醒，簡直無理由。」在這種時刻，馬仔都唔怕難為情，自爆為了今次特訓，幾乎嚇到鼻哥窿都無肉，擔心會肥佬。

「我只係好震驚，個心係咁跳，光仔都有個綽號俾你叫，人人都形容佢係泰山，以為佢係打不死的鐵漢，又點會想到一次特訓，就會搞成咁。」馬仔平日好佩服光仔的過人體能，直頭視他為偶像，當如學習的目標，如今一次意外，令到自己心神皆亂。

這個時候，病房內傳出陣陣哭喊聲，未幾醫生行出來，面色極為沉重，大家爭相向內望，只見護士已用白布，蓋在光仔的頭面。

「又會咁？我係咪發緊夢？」多位同袍都無法忍住淚水，一個個大男人都哭成淚人，馬仔的感情最豐富，連衫袖都沾濕。

馬仔同發仔只想起和光仔並肩在火場作戰的日子，一幕幕在腦海內浮現，救人救火，無數次在死神的手上搶奪寶貴的生命，但是他們救人，誰來救他們？人生的荒謬莫過於此，他們走出醫院的大門，仰首望向穹蒼，但雲也無心，天也無語。

# 消防員基本體能要求

消防員進入火場時需要穿戴沉重的護衛裝備，更要攜帶大量工具上落樓層，對體能、耐力的需求極大。因此單是投考消防員，已需要達到非常嚴格的體能要求。

## 耐力折返跑

【簡述】

於一段20米跑道，須跟隨節奏重複來回跑，節奏會逐漸加快，若連續兩次跟不上節奏，體能測試中此項目便會不合格。

【要求】第7.1級（相等於50次20米的跑程）

## 引體上升（60秒）

【簡述】

於60秒時限內，在單槓上作正手握橫槓的引體上升動作。落槓或時限完畢，體能測試便會不合格。

【要求】3次

## 原地跳高

【簡述】

測試者須雙腳站立貼靠牆，單手伸直量度中指最高觸牆點（示指高度），雙腳立定垂直跳起，以單手指尖觸牆，而示指高度與立定跳高度之間的距離，以厘米計算便是所得分數。

【要求】45厘米

## 雙槓雙臂屈伸（60秒）

【簡述】

於60秒時限內，在平衡的雙槓作雙臂屈伸的動作。落槓或時限完畢，體能測試便會不合格。

【要求】9次

## 屈膝仰臥起坐（60秒）

【簡述】

於60秒時限內，重複屈膝仰臥起坐，而且動作必須連貫。躺在地墊稍作休息或時限完畢，體能測試便會不合格。

【要求】35次

## 掌上壓（60秒）

【簡述】

於60秒時限內，在地面作掌上壓的動作。俯伏地上、提臀稍作休息或時限完畢，體能測試便會不合格。

【要求】32次

# 坐位體前屈

【簡述】

測試者須坐於地上，盡可能以指尖將尺規游標推前，並保持姿勢3秒。

【要求】23厘米

# 俯後撐（60秒）

【簡述】

於60秒時限內，在地面作俯後撐的動作，而且動作必須連貫。俯伏地上稍作休息或時限完畢，體能測試便會不合格。

【要求】25次

# 消防模擬實際工作測試

## 跑樓梯

【簡述】

測試者須戴上消防頭盔及手套，背上一套呼吸器，從已起積的消防車的上層儲物櫃拿取一件工具和一卷輸水喉，然後帶同工具和輸水喉跑到距離消防車10米的建築物，再跑上三樓。

如未能從消防車拿取工具、拿取工具時，雙腳沒有同時觸地、途中掉下任何工具、途中失平衡、未能到達終點，則判作不及格。

【要求】34秒內

## 爬梯

【簡述】

測試者須戴上消防頭盔，背上一套呼吸器，扣好安全繩，然後逐級向上爬。考生爬到指定的位置後，須辨別放在地上的物件的顏色，然後逐級爬下梯子。

如錯誤辨別物件的顏色、從梯子上滑落、未能逐級爬上或爬下梯子、未能爬上指定位置、爬下梯子後，雙腳未能站穩或未能於限時內完成，則判作不及格。

【要求】50秒內

## 穿越隧道

【簡述】

測試者須戴上消防頭盔及手套，背上一套呼吸器，從5米外的起點跑到隧道入口，以雙手雙膝匍匐穿越隧道。穿越隧道後，再跑向距離隧道出口5米的終點。

如未能獨自穿越整條隧道或未能到達終點，則判作不及格。

【要求】19.5秒內

## 障礙賽

【簡述】

測試者須戴上消防頭盔及手套，背上一套呼吸器，從消防車拿取一卷輸水喉，然後帶同輸水喉跑到距離消防車23米的終點，途中須踏入踏出兩個車胎，以及穿越一個門欄。

如將車胎踢離原來位置、在越過車胎時絆倒、途中失平衡、掉下輸水喉、觸碰門欄的頂部或側框或未能到達終點，則判作不及格。

【要求】11秒內

*資料來源：消防處

Case 07
筲箕灣
沙井英靈

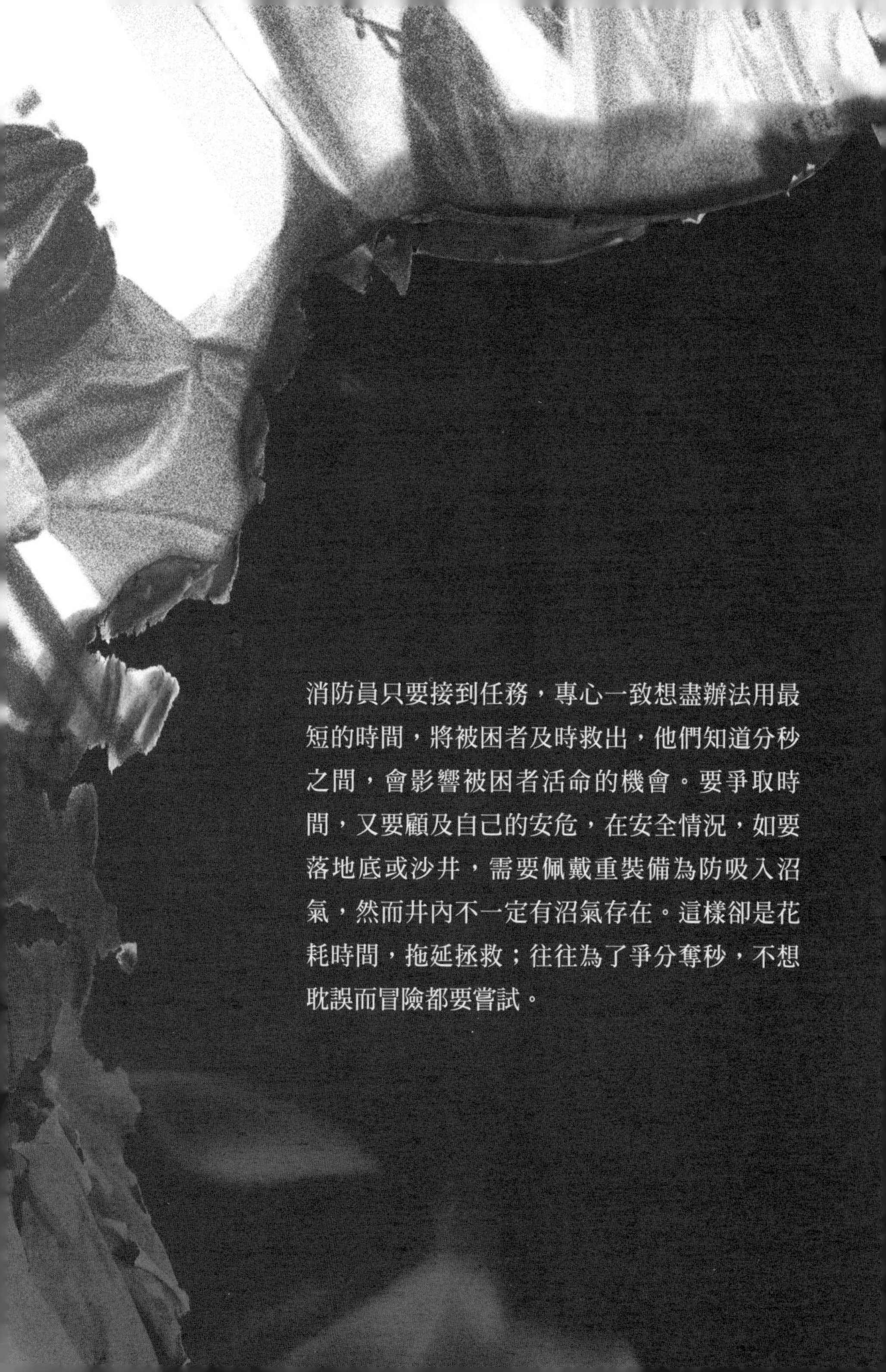

消防員只要接到任務，專心一致想盡辦法用最短的時間，將被困者及時救出，他們知道分秒之間，會影響被困者活命的機會。要爭取時間，又要顧及自己的安危，在安全情況，如要落地底或沙井，需要佩戴重裝備為防吸入沼氣，然而井內不一定有沼氣存在。這樣卻是花耗時間，拖延拯救；往往為了爭分奪秒，不想耽誤而冒險都要嘗試。

「威哥，你一定要手下留情，因為在整個香港區，我相信無人可以頂得住你一下扣殺，你要就住兄弟的實力至好，唔係只得你一個人玩哂都無癮呀！」在港島東區的消防局，每有空餘時間，都有消防員打排球，主要是寓遊戲於鍛練體能，上頭亦鼓勵他們這樣做，外人不明究竟，還以為他們只顧玩。

在一大班愛好打排球的消防員之中，以張振威的扣球力量最大，人人都視之為「超級大力士」，輕易不敢擋其鋒。

所以每次打波，都有隊友提醒他要保存實力，但求出一身汗便算數，不要打得太認真，否則勝負太過懸殊，玩起來也沒有趣味。小王和張振威拍檔十幾年，大家稱兄道弟，所以講說話也是百無禁忌。

「小王，雖然係玩吓波，但都要認真一點，咁樣先至可以練到足夠體力，唔係軟巴巴咁，真係去到火場，或者唔夠力去救人。」威哥做何事都好認真，連打波都會出盡力，唔習慣的人，會覺得好有壓迫感。

## 排球場上猛如虎

雖然威哥係咁講，但小王本住同佢老友鬼鬼，大家熟不拘禮，他一樣笑口騎騎，拍一拍威哥的肩膀，示意大家玩吓便算。

「算啦，小王，你同佢咁樣講都係多餘，因為佢份人就係咁樣，乜都出晒力，我哋要習慣佢，唔係要佢習慣我哋。」小陳做事亦都好認真，同威哥打波，反而覺得好刺激，殺起波上嚟，份外有癮。

有同袍在旁邊細細聲講，「玩波啫，咁大力做乜，搵自己辛苦，又何必呢？」

小王聽見，即刻回應：「呢啲就叫做消防員的真正精神，要做一個勇者，本來就要咁認真，唔可以隨隨便便。」

「係囉，要出力都要睇場合，唔應該乜都去到盡，咁樣做人會好辛苦。」

小王本來想回應，但想一想，再不開口，免得傷感情，總之人心不同，各如其面，人生路好複雜，本來就沒有標準答案。大家份屬同袍，不必為了這個問題傷了和氣。

威哥自然聽不見他們講些甚麼，他一貫的習慣在球場內的表現有如老虎，小王在旁邊仔細欣賞，覺得有這一種同事兼朋友，是一種光榮。

## 市民眼中的英雄

有時在工餘時間，他試過問起威哥的處世哲學，小王認為消防員也只是一份工作，但求無愧於心，不必事事去到盡。

「唔可以咁樣講，做第二樣工種，或者可以咁樣做，但做得我們呢一行，又係另一種講法，因為大眾對我哋有不同的期望。老實講，一見到我哋出現，都唔慌係好事，講句唔好聽，一定係死人塌屋，唔通係飲茶食飯咩？所以好多人會在下意識之間當我們係救世者，將所有希望放係我們肩膀上。」

「威哥，聽你咁樣講，我哋個肩膀咪有千斤重？」

威哥笑一笑，淡淡地回答：「都可以咁樣講，總之食得鹹魚抵得渴，入得呢一行，都預咗要冒上好大的風險，無理由樣樣事都咁驚死，因為叫得我哋出動，都一定有市民陷入好大的危險等我哋去救。」

小王當時沒有再說甚麼，他好明白老友的性格，一講到救人，威哥必然搏到盡，唔想有人在他面前失救，成為畢生的遺憾。

## 鐵樹開花不祥預感

老實講，小王自己亦知道，他到了緊急關頭，做不到捨己為人這樣偉大，但自己做不到一件事，他最少懂得欣賞這種人，因此他和威哥格外投緣，只不過在內心深處希望威哥救人還救人，都希望幸運之神永遠將他眷顧。

有一晚，小王正想上床，突然嘩了一聲，因為他看見放在窗台的一盆鐵樹開出了花，白色的小花看來在月色映照之下格外嬌美，他叫醒了幾位同袍一起欣賞，大家讚嘆了一會，其中一位三柴波叔反而嘆了一口大氣。

「波叔，做乜咁反高潮，居然學人嘆氣，你估自己變咗女人要傷春悲秋咩，見到咁難得的奇景，應該落足眼力，唔係　　聲。」小王拍拍波叔個頭，大家一向玩慣，以為係好閒的事，未想到波叔大力將他推開，令到所有人都嚇了一跳。

「熟還熟，唔可以亂咁拍我個頭，咁樣好唔吉利。」波叔平日有如開心果，好順得人，絕少見佢咁勞氣。

「對唔住，都係我唔啱，你老人家唔好見怪。」小王一向好識做人，被波叔無端端噴了一面屁，一點兒也無反感，而且主動講對唔住，正是開口不打笑面人，波叔想了一會，愈覺得自己唔好意思，於是慢慢走過去，好誠意地同小王講，因為自己心情好差，覺得好快會有不幸事件發生，因此發老脾。

在消防員眼中，無論是人或動物的生命都同樣珍貴。

## 開花寓意大限將至

「咁我又好奇怪啊，頭先仲好好哋，而且見到鐵樹開花，應該係一件好事，無理由會影響到你的心情。」

「你以為鐵樹開花係好事？」

「唔係咩？係人都咁樣講啦，鐵樹開花，富貴榮華，因為鐵樹開花好難得，象徵好事自然來，我哋聽日應該去飲茶慶祝一下。」

「你只知其一，不知其二，無錯，鐵樹開花唔容易，好多人終其一生都未必看到兩三次，但係咪代表有好事發生，卻要兩睇。」波叔說話的時候，眉頭緊皺，看似心事重重。

「咁就要麻煩你指教一下，如果你唔出聲，我真係以為執到寶咁開心，打算聽日同大家賀一賀佢。」小王好奇心重，都好想問個究竟。

「因為鐵樹屬於陽性好重的花，所以大白天開花，是寓意有喜慶事，倘若是半夜才開，就唔多恭喜，可能有不幸的事出現。鐵樹通常幾年先至開一次，佢肯開花的原因，係這棵鐵樹知道自己的已經活不了多久，希望開花後可以開枝散葉，延續自己的生命。若是深究落去，並非一件好事，只係世人唔知咁多，總以為難得見到就係好事，但我一把年紀，見過風風雨雨就知道今次唔簡單，所以心情好差。」

## 預測工作順逆

「波叔，你都講咗咁多，唔爭在講埋落去，頭先你話見過鐵樹開花，跟住有好多不幸的事，究竟係乜嘢事？」

「我入行三十年，真係乜都見過，仲記得入行第二年，駐守過九龍一間分局，有一晚亦見到鐵樹開花，跟住一個月，同一間局就有三個隊員死得好奇怪：一個心臟病發，一個爆血管，另一個發生車禍。唔係自己親眼見到，都未必肯相信。呢件事對我影響好深，所以今次同樣係半夜開花，我即時打一個突。」

「既然係咁邪，點解又有咁多消防員鍾意種鐵樹？」

「呢層好易了解，一來唔係咁多人明白前因後果，二來有些人故意去種，當如一種風水樹，自己亦可以從而得到啟示，見到無開花，就知道事事順景，如果突然開花，亦明白是一種不祥啟示，開工的時候，要打醒十二分精神。」

## 做事要量力而為

「雖然你咁樣講，我都唔係好憂心，因為我駐守呢度咁耐，都無任何意外發生過，證明呢度風水好，應該大吉大利。」

「係就係，但即使風水好都係無用，因為風水亦會輪流轉，由好變成唔好，而鐵樹開花，正好提示你要小心。」

「聽完你咁講，我個心都好唔舒服，應該點做好呢？係咪要做啲咩保平安？」小王一向不是一個迷信的人，只因為波叔講到繪聲繪影，個心寒寒地，甚至有一點面青。

「其實做任何事都無太大的作用，只係輔助性質，最重要是自己小心，特別係執行任務時要衡量危險的程度，唔可以死命去衝。」

「呢層你又唔使同我擔心，我雖然盡責，亦唔會搵自己條命教飛，真係太危險的時候，我都識得向後縮。」

「我唔係講你，你平日點樣做事，我都有眼見，我所講的是另一類人，你如果夠聰明，應該知我講邊一個。」

無論如何，這一晚聽完波叔一番說話，小王向來一覺瞓到大天光，今次卻輾轉反覆，只是一晚時間，便出現了熊貓眼。

筲箕灣一幢大廈的沙井內沼氣濃烈，工人受困於內情況危險。

隨後幾日，整個港島東區平靜到極，只做了幾宗電梯困人的小事，小王開始放心，覺得所謂鐵樹半夜開花的不祥之兆，只是庸人自擾，無情白事，自己嚇了自己一大餐。

## 工人被困沙井

直到2004年的一個晚上，小王又再次感到左眼簾的肌肉不斷輕微地跳動，從小他便聽人講過眼皮跳動不是好事，如果要細分，右邊代表好事，左邊代表壞事。

這時候，局內接報筲箕灣一幢大廈有工人受困在沙井之內，小王連同威哥等人一起出發，六分鐘內便趕到，這是本港消防處的服務承諾，只要是市區之內，無論發生任何事，消防員都能夠在五分鐘內出現。

各人去到出事地點，一名工人已經氣急敗壞地跑過來，大聲地說：「你哋一定要救我老友，佢入咗沙井之後幾分鐘，突然間無晒聲氣，無理由會咁，我擔心佢中咗毒，或者失去知覺。」

這名工人全身都是污泥，可能較早前跌了一跤，以致頭青面腫，說話太快又太急，加上心情激動，有些語無倫次。

「咪住先，你想救自己老友，更加要想清楚，然後慢慢講，頭先點解會出事，你要講到好仔細，唔係會好危險。」小王拍一拍他肩膀，安定他的情緒。

「我同李仔一齊開工，落地底修理排水管，我哋唔係落得好深，最多十幾呎，所以無想過會有沼氣，因為我入行幾十年，都好明白沼氣的特性，必須要在幾十呎深，加上長年累月無人落過去，先至要小心。但呢一度，我哋久不久就會落去通水，試過好多次都無事，又唔係落得好深，因此赤手空拳落去，無任何裝備。」

## 爭取時間救人

「頭先我同李仔一起落過去，佢突然成個人仆喺度，推佢都唔識郁，起初我都手足無措，好彩我醒目，突然間想到唔通會係沼氣？之後沒有去諗咁多，無論如何都盡快爬上去地面先講。」

「你口口聲聲話係沼氣，你有乜辦法去證實，點解單單你個拍檔有事，你有咁好彩一個人爬番出來。」小王經驗仍未夠，判斷事物時有點先入為主，因為他亦有懷疑並非是沼氣，或者係李仔因為急病仆低，而這名工友自己嚇自己，所以氣急敗壞爬出來，搞到頭又腫、面又青，一副狼狽樣。

「咁就真係俾你考起，因為有無沼氣，我都唔知，都係靠估，但我一見到李仔仆低，就要自己執生，總之走為上著。」

「事發到如今，大約過了幾耐？」威哥加上一句，因為他總是以救人為先。

「我一上到嚟就打九九九，你哋唔夠幾分鐘就趕到，我想前後點都唔夠十分鐘。」

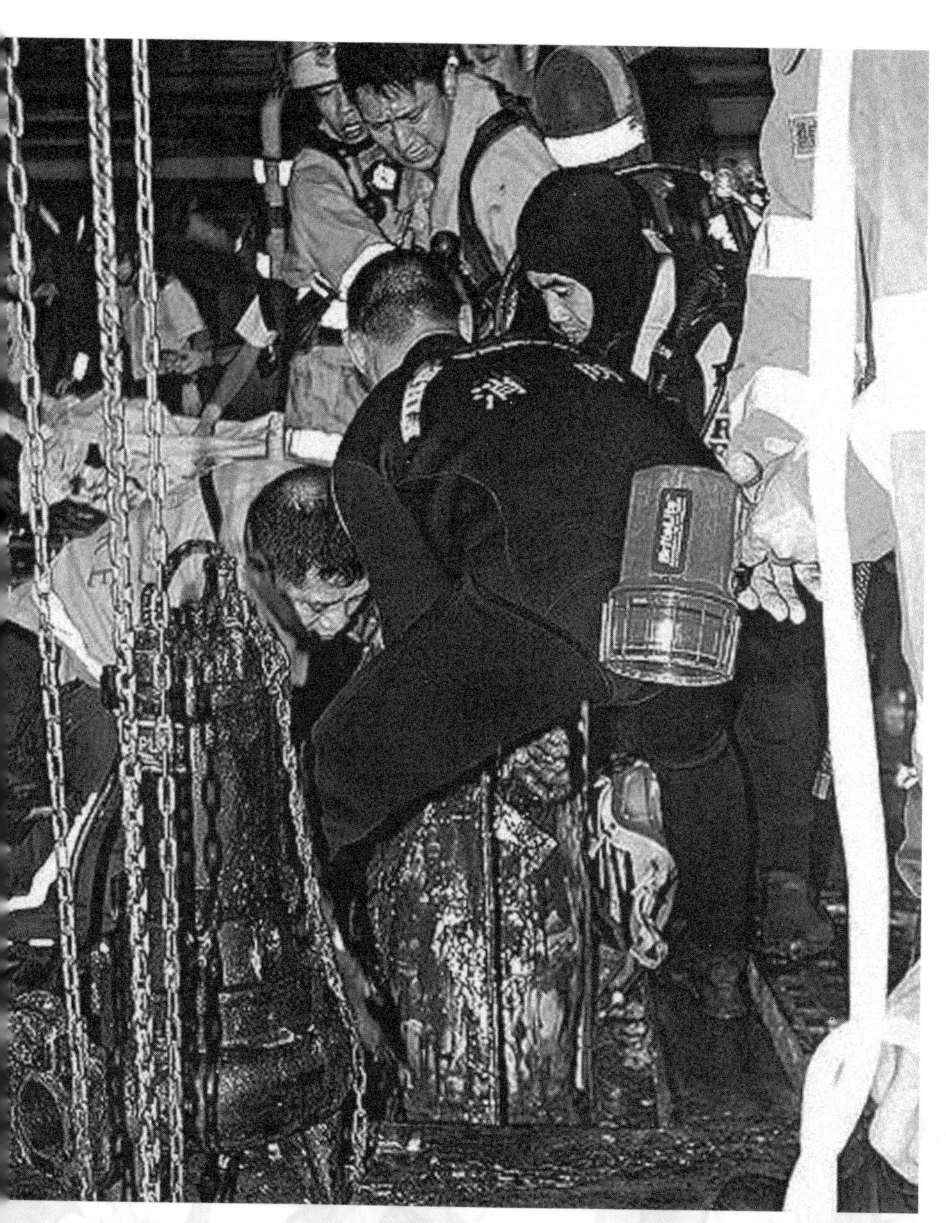

蛙人到場救援，最後將全身污泥的消防隊目張振威救上沙井。

威哥明白救人如救火，有時相差半分鐘時間，已經可以分開生與死，他們做這一行工作，更加明白時間的逼切性，如果這名工人無估錯，只係相隔十分鐘，那未出事的李仔，就算真係聞到沼氣，只要及時救出，還有好大活命的機會。他一定要爭取時間，又要顧及自己的安危，又想和時間競賽。

## 來不及佩戴裝備

威哥和小王等同袍，在渠口望落去，因為工友留下一盞照燈，可以清楚見到裡面情況，在盡頭處，隱約見到一對人腳。

「應該係李仔，唔該大家救下佢，佢結婚無幾耐，正所謂仔細老婆嫩，總之佢條命仔，就係晒你哋手上。」

在安全情況，消防員要落地底，為防有沼氣，都要戴上重裝備，但要做足工夫，又會好花費時間，如果李仔真是吸入沼氣，當然要做足安全指引。不過，在當時環境，或者又會考慮到，未必是有沼氣，而是李仔心臟病發之類，便要及時救人，否則再拖延下去，明明有得救，都要變成一條冤魂。

威哥再望多一次，真係隱約有一對人腳露出，想起救命緊要，便往裡面爬，而且要用最快的時間，他的內心好明白，做得這一份工作，並不止打好這份工這樣簡單，每一分、每一秒、都要和死神做買賣，就要看是誰的手快。

## 吸下沼氣手腳無力

因此威哥飛快地爬落去，只是十幾呎距離，以他們久經訓練的身手，不過是以秒計，他希望盡快將昏倒的李仔救出，完成這一次任務。小王在旁邊有點矛盾，他有想過，是否要百分之一百跟足安全指引，有時指引好官僚，若是樣樣事都跟足，也不知會有多少人明明可以獲救，卻因為這種官僚作風枉送了性命。

當然，他也明白，事事都去到盡，難免會冒上不測的危險。他自己在想，若是置身和威哥同一角度，見到昏倒的工人危在旦夕，是要等多一陣戴齊裝備，還是放手一搏？人生每每充滿困難的抉擇，教人好生煩惱。

見威哥矯健的身手，有如一頭獵豹，迅速向前移動，好快便接近了昏迷的工人，正待將他拉出來，小王只見威哥的手腳似乎有點呆滯，他好希望自己眼花，因為若是沒有看錯，即是意味著下底真的有沼氣，並非常濃烈，否則以威哥的過人體魄，不可能這樣快便會有慢下來的反應。

## 拼盡力氣救人

威哥拉住工人一步步向後移，他用了最大的努力，死命地拉，他絕對了解，與死神的交易，從來沒有中間線，只有生和死兩個注碼，放在這場賭博的兩端。

每走一步，威哥便似中了一槍，雙腳有千斤重，他運起二十多年的苦練，每一塊肌肉都似精鋼所鑄造，發放每一分力量，但是走了十幾步，生命之火快要吹熄，再精壯的鐵漢，都有倒下去的一刻。

連不倒的人都會倒地，再沒有人夠膽犯難，亦因為地底的毒氣看來愈來愈濃，要將現場一段馬路封鎖。

直到其他救援部隊趕至，帶齊重裝備，先後將工人和威哥救出送院，工人仍有氣息，但威哥的呼吸已經停頓。這或者是工人昏迷後只有微弱的呼吸，所以吸入較少量的毒氣，而威哥要救人，拼盡了身體每一分精力，自然要吸入大量空氣，以致血液之中有過濃的一氧化碳，不能有效運送氧氣，造成心臟和大腦的功能停頓。

## 難接受同袍去逝

威哥不幸的消息傳開去，相熟的同袍都有點難以置信，一個這樣強壯的人，怎會說倒便倒，無法接受命運無常。

隔了好多天，小王還是心神恍惚，經常難以入夢，心思思要起床望住曾經在半夜開花的鐵樹入神，想要看穿裡面所收藏命運的奧秘。

小王好明顯是有點不甘心，難以釋懷何以好人無好報？他對威哥的為人和作風好清楚，對工作投人百分之一百的熱誠，有危險的任務，都肯行第一步，受到同袍最大的尊重，卻招來不測的後果。

所以他一有段時間，便會望住這棵開過花的鐵樹，好像想要看出一點生命的奧秘，難道真是天威難測？

# 浩園英雄遭毀碑

浩園自1996年啟用以來，於2006年8月首次發生「大災難」，當中二十九名英雄的墓碑遭刑毀破壞，包括消防隊目張振威、署理消防總隊目趙順安、在沙士抗疫被喻為「香港女兒」的謝婉雯醫生、警員梁成恩等，令這批為民捐軀的英雄死不瞑目。

警方對破壞行為大為震怒，將案交大埔警區重案組全力「緝兇」，又在現場檢獲兩把雨傘及一枚螺絲釘化驗，相信為案中「兇器」。

警務督察協會懷疑有人對社會不滿，破壞為民捐軀公僕墓碑作報復，而公務員團體亦作出強烈譴責，並指斥肇事者天理不容。

市民向救人英雄送上最後敬意。

Case 08

# 葵涌舊工廈
# 古惑的火

## BLOOD FLAME

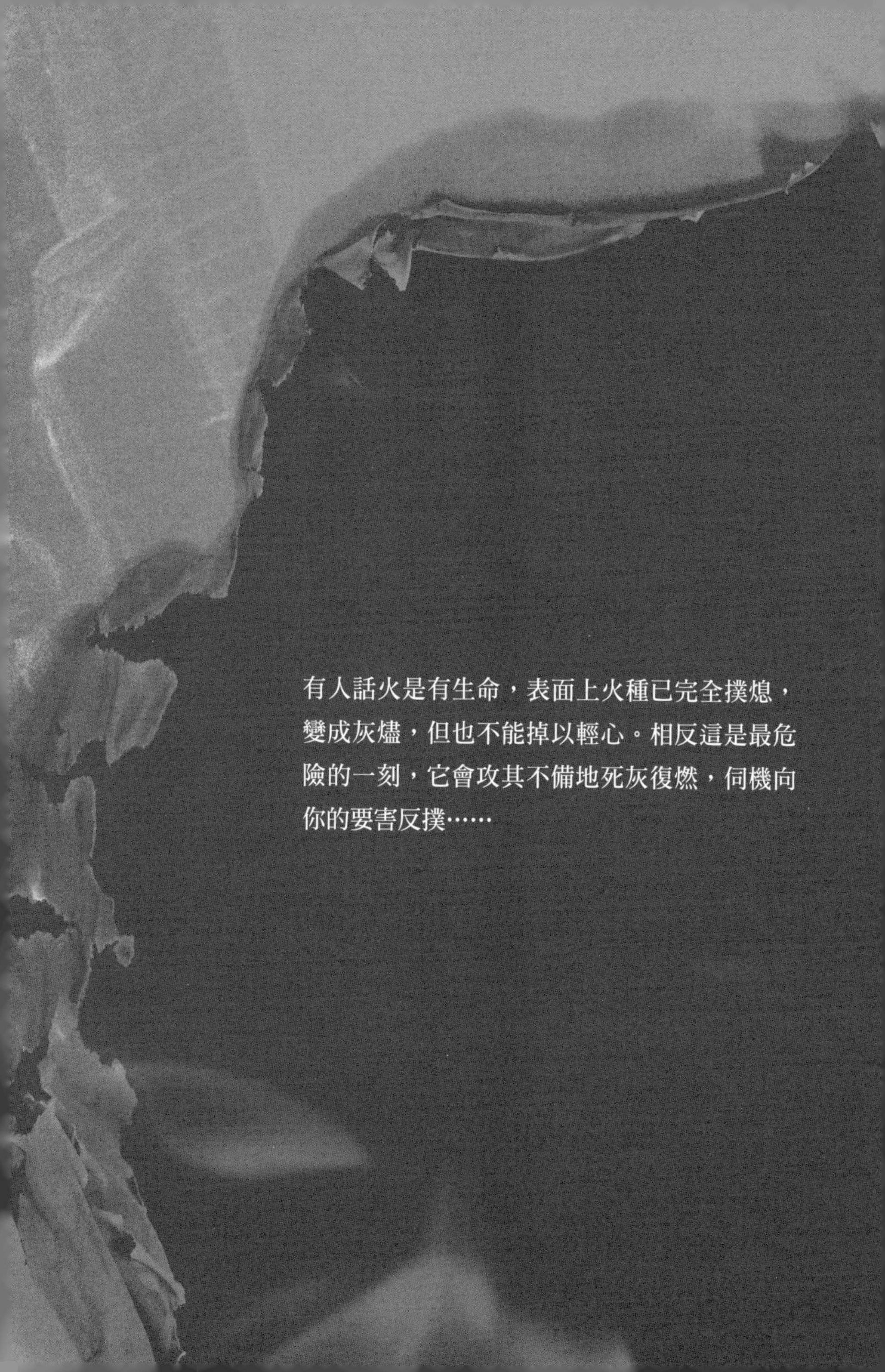

有人話火是有生命，表面上火種已完全撲熄，變成灰燼，但也不能掉以輕心。相反這是最危險的一刻，它會攻其不備地死灰復燃，伺機向你的要害反撲……

「又有一單三級火，而且仲係工廠大廈，都好頭痕，因為喺呢啲地方，每每有好多危險品，好易中招。」阿才在消防局出發時，未免有點牢騷，因為這一天不知是否當黑，連續幾次火警鐘誤鳴，搞到大家疲於奔命，正在坐定定以為可以食碗安樂茶飯，點知道又會爆一單堅嘢，仲要係三級大火。

「唔好咁多聲氣，出發之前要安定情緒，做事要心靜手定，先至可以保證自己的安全，如果心浮氣躁，隨時會爆大鑊。」署理消防隊長張來，平日比較沉實，但一到上戰場，要和死神決鬥，又會變得生龍活虎。

阿才雖然口多多，但講笑還講笑，一旦在火場出現，亦明白要多做事、少說話，所以好落力地開喉射水，在災場附近降溫。

## 死灰亦能復燃

1991年6月，這裡是葵涌大圓街「美羅工業大廈」，幾十名工人緊急疏散，至於火場核心是一間染廠，存有大批染料，全都是易燃物品。為了及時切斷火源，張來和阿才等多人，以化學泡沫向核心噴射，起先非常順利，幾分鐘時間已將大火火源控制。

張來帶隊向前行，務求將火種完全撲熄為止，阿才對於他的謹慎態度一向都好佩服，外人或者唔明白，但他們出入火場無數次，見多識廣，知道火有眼，而且好蠱惑，你以為它已變成灰燼，不能夠作怪，掉以輕心的時候，也是最危險的一刻，它會攻其不備，伺機向你的要害反撲。

阿才好記得，入行之初，好多前輩都講過同一個故事，形容火焰好像有獨立的生命，而且生性蠱惑，常會趁人不留神，就會扮死，然後突然反撲，將你包圍。

## 火場怪事連連

老實講，阿才唔多相信，雖然他也承認，去得火場多，常有不可思議的怪事發生，甚至有人實牙實齒地說，每當火警發生之前，都會見到天空出現一個紅卜卜的火球，它飛到哪裡，哪裡便有火災發生。

亦有人說，如果被消防員迫得太緊，火會幻化成各種不同的小動物，有時是一隻狗，有時是一隻貓，會突然間隱形，走到別的地方又會起火。

不管講到如何怪異，阿才只當作天方夜譚，他總覺得是有好事之徒無事生非，所編出來的鬼話，但經過今次事件，他才明白，世界太大，有太多無法解釋的事，你信也好，不信也吧，它都會發生。

就像這一次，阿才跟在張來背後，見到他做足一切小心措施，才會一步步向前行，以為十拿九穩，事前未想過會有不幸事件發生。

# 一瞬間死灰復燃

阿才一邊行，還會向後望，親眼見到背面的火已經熄滅，但是未幾卻感到一股灼熱的氣流從後面湧來，有如張開一個火網。

在這一刻，只有短短幾秒鐘，時間卻像被膠水所黏住，阿才感到頭皮發滾，活了這麼多年，未想過死亡和自己有一天會這樣接近。

阿才迅速轉過身來，開動化學喉，勉強將火焰截停，但一堆堆的火，彷彿各自有生命，好快又再展開圍攻，阿才急步向後退，險些兒跌倒在地，幸賴一雙強而有力的手臂將他扶起，他知道一定是張來，兩個人背靠牆壁，已經退無可退。

在陷入絕望的邊緣，阿才忽然感到背後有一股大力將他推開，他接連撞破幾重火網，連眼眉毛也被燒焦，發出一種難聞的臭味。無論如何，有人從後推他一把助他死裡逃生，他幾乎不相信自己有這種好運氣。

回頭看一眼剛才身陷的地方，已經成為一片火海，多位同袍趕至，用多條滅火喉夾攻，亦要十幾分鐘才可將火控制。

# 自嘆輕看無情火

估計在這種環境之下，火場核心的溫度隨時過千度，連黃金也可以燒熔，若是血肉之軀，根本沒有生機。

阿才不斷祈禱，但望吉人天相，可是同袍由火場將張來救出後，見到他的身上有多處燒傷的痕跡，雙目緊閉，氣息已十分微弱，被緊急送到醫院，最終急救無效身亡。

當日在火場，明明見到背後的火已熄滅，何以又會在後面重燃，形成夾攻的形勢，而阿才亦有自知之明，若非有人在背後推他一下，今日葬身火場的人應該是自己，但這一個救命恩人是誰呢？他直覺認為是張來，到今日仍是滿懷感恩。

唯一令他感慨的是太過看輕在火場的危險性，經此一劫，以後再入火場，他都用百分百的精神去應付，因為他見識過蠱惑的火的厲害，隨時會變形，又會伺機發難，只要看漏一眼，便可以奪走生命。

大火往往在看似熄滅時，又突然噴出爆焰。

# 火警十大應變方法

大部分人遇上火警，因為太驚慌，措手不及，不懂應變間接耽誤時間離開火場。如幸遇上火災，切記以下十法，脫險的機會大大提高。

1）將報警電話號碼999貼於牆上，訓練孩子如何打電話報警，包括留下姓名、地址及起火原因。

2）多留意日常逃生方向，將手提電筒放在容易拿到的固定位置，常備繩索、學習使用滅火器正確方法。

3）平日與家人選定一處會合地點，以免家人走失或返回火場。

4）在發生火警火勢如在控制的範圍內，可先嘗試用滅火器撲火，如火勢未能控制，需要趕快逃生及到屋外報警。

5）由於火向上升，當大廈發生火警時，盡可能向下層逃生。

6）發生火警，應先讓老弱婦孺脫離火場。

7）火警發生時，應及時關上門，如有煙從門隙湧進，用濕毛巾封著，盡量阻隔火和煙。

8）若身上衣服著火，應迅速脫下或就地臥倒翻滾壓熄火焰。

9）如果出路被火阻擋，應尋找窗戶求救逃生。

10）若然房間濃煙密佈，應將身體伏低接近地板，並用濕毛巾掩住口鼻，沿牆角向出路爬去。或用濕浴巾包裹全身許可情況下衝出火場。

# Case 09

# 新興大廈 消防凶地

# DEATH ZONE

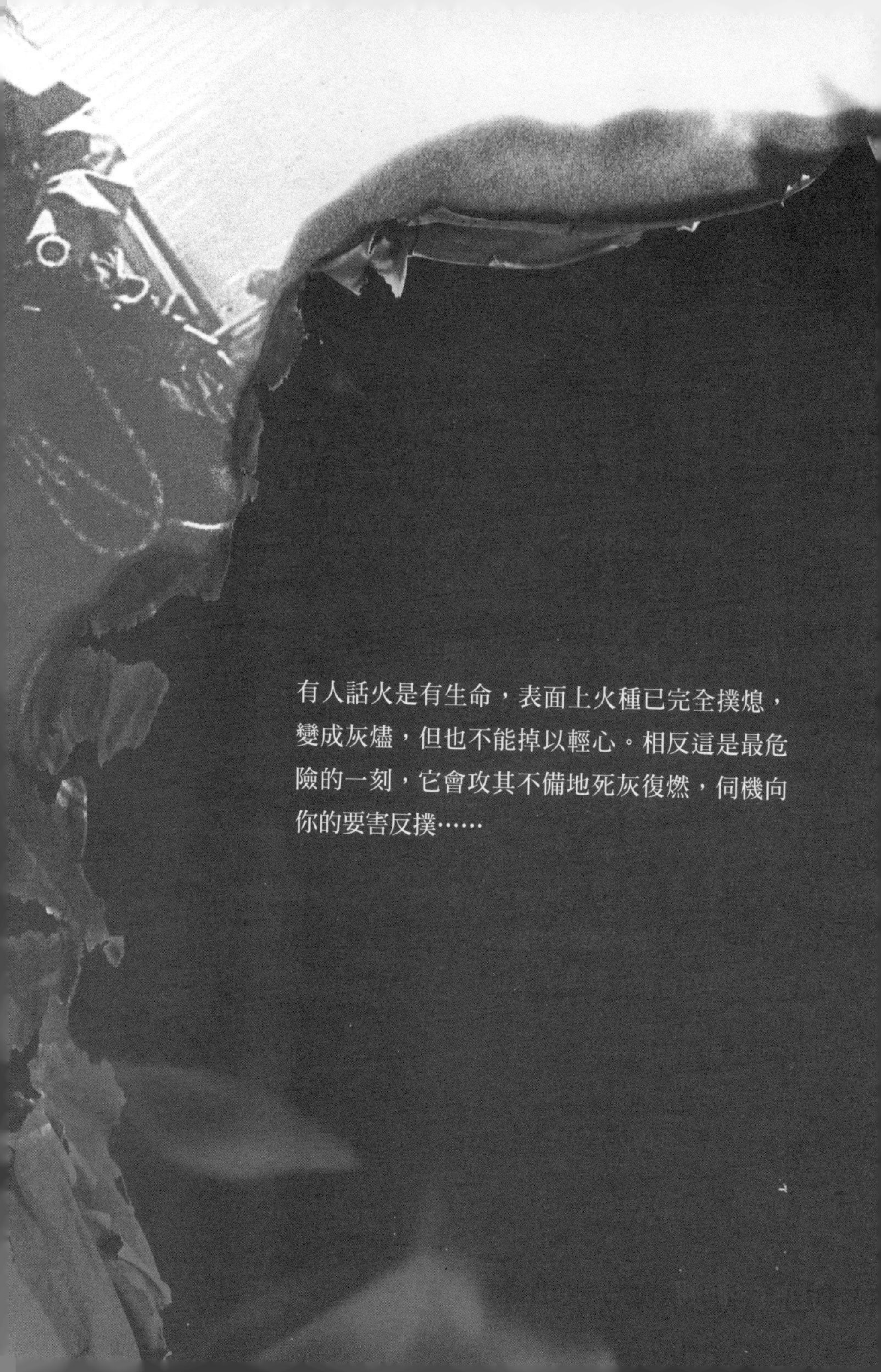

有人話火是有生命，表面上火種已完全撲熄，變成灰燼，但也不能掉以輕心。相反這是最危險的一刻，它會攻其不備地死灰復燃，伺機向你的要害反撲……

「唔好引我發笑啦，日光日白學人講鬼故，都唔怕笑大人個嘴。」多位休班消防員圍坐吃早餐，一齊取笑另一位同袍黑仔。

「我自問都唔係細膽的人，更加唔會眼花，所以有理由相信，我所見到的影子，百分之一百是鬼魂作祟。」黑仔正經八百地說。

「咁就唔好意思，可能只有你有條件睇得到，其他人就一定睇唔見。」其中一個同袍說。

「點解呀？」黑仔問。

「哈哈，咁都仲使問，你唔知自己個花名叫做黑仔咩？」多位同袍一齊發笑。

「唔信就算，估唔到你哋頭腦咁閉塞，唔可以接受新鮮事物。」黑仔有點不滿。

「你講咩呀，見到鬼就叫做接受新鮮事物，世間上又點會有鬼呢？」同袍冷笑。

「你哋見唔到，唔表示無，唔識扮識，咁樣先至叫做無科學精神。」黑仔份人好老實，向來唔識轉彎，大家你一言、我一句，充滿了火藥味。

## 火場鬼影幢幢

他們所以有言語上的衝突，皆因黑仔表示在火場見到鬼影，可以在火焰之中來去自如，一看就知道絕非人類所能做到。他講得愈肉緊，別人笑得愈交關，他口中的恐怖經歷，在他們眼中成為一個天大的笑話。

黑仔這份人好老實，一向都是有一句、講一句，他從少便見到有異狀，起先以為這是好普通的事，人人都會見到，沒有甚麼大不了，但長大之後，偶然和別人講起，才知道有好多怪事，都只是自己見到，其他人全無所覺。

不過，黑仔自問不是疑神疑鬼的人，但最近幾次進火場，他都見到有人影。當然，事後他明白這些所謂「人影」通通是幻影，又或者根本不是這世界的生命，因為他見到的「人」身處烈火的中央，若是正常人早已不能生存，只可能是水火不侵的靈界生物。

## 怪事無人相信

一般而言，黑仔自己知就算，不敢將這些可怕經歷和其他人分享，以免被罵妖言惑眾，只是這一次一時間興起，才多講幾句，就被人圍剿，以為他無話找話鬼話連篇，所以谷到一肚火。

和同袍吃過飯，大家不歡而散，黑仔一個人好落寞，好像天地之大，沒有一個人可以了解他的內心世界。

「黑仔，唔使咁煩，人哋唔係想窒你，只係唔了解，因為佢哋從來未見過，所以當你吹水唔抹嘴。」石叔平日比較沉默，大家講說話的時候都是客客氣氣，講不上是深交，估不到今次見到黑仔被人圍住嚟窒，事後會加以安慰。

「石叔，我係條氣好唔順，當佢哋係好拍檔，先至同佢哋講幾句親身的經歷，希望小心啲，但佢哋根本未聽清楚就群起而攻之，以為我講大話。大家並肩作戰咁多年，好應該明白我的性格，我份人根本唔鍾意吹水，甚至係唔識吹水，又唔會亂咁作故仔，講啲咁嘢嘅出嚟，對我有乜好處呢？佢班人都唔用腦。」

「唔緊要啦，佢哋唔信你，但我信你。」石叔繼續安慰說。

「多謝你先，石叔，只有你明白我為人。」黑仔感謝。

「你唔好多謝我住，我所以信你，唔係我明白你，而係你所講的怪事我都見過。」石叔說。

## 危險之地奇事多

「有這樣的事？」黑仔成個人彈起身，輪到他好驚訝，一向以為只有自己才有這種怪異奇遇，估唔到有人同病相憐。

「我同你講，最危險的地方，就最多呢啲嘢，因為佢哋要等人死，然後搵替身，睇邊一個唔好彩，就可以及早投胎。」石叔說。

「咁樣點算好？」黑仔有點無奈。

「乜都唔使做，你就當作乜都見唔到，總之你唔犯佢，佢亦都唔會犯你，大家相安無事，咁就萬事大吉。」石叔講到好輕鬆，好似事不關己。

黑仔聽完之後，想想石叔的話亦好有道理，因為以過去的經驗，自己見到好多怪事又無人相信，既然不會傷害自己，倒不如隻眼開隻眼閉，免得嚇死自己。

## 陳政瑜救出蕭永方

就在黑仔聽完石叔一番話的幾日後，旺角新興大廈發生大火。當時是1989年4月，因為現場環境複雜，有不少易燃物，灌救困難，好快升為四級，有多名居民受困，消防隊目陳政瑜帶隊出發，黑仔亦是其中一名隊員。

入到火場，雖然火煙密佈，但消防員處理得宜，先將受困的居民疏散，再採用三面夾擊方法，將火場面積收細。

他們一層接一層向上進攻，陳政瑜行頭，另有幾名隊員跟住，上到四樓，一陣特大的火煙突然湧出，令他們措手不及。其中一名消防員蕭永方因為體力透支太盡，被濃煙焗暈，陷入極大的險境，陳政瑜和他亦師亦友，感情亦最深厚，所以不顧危險，快步衝上前，拼死將蕭永方救出來。如果稍遲十幾秒，蕭永方早已絕命。當其時又誰又想得到，事隔十九年，蕭永方和師傅的命運一樣，同樣喪身火場。

陳政瑜救出蕭永方之後未肯休息，眼見火場還未受控制，於是不肯退下火線，又再帶隊上樓，黑仔亦是隊員之一，心中對於陳政瑜極為欽佩，但在進行間，黑仔突然見到眼前一條人影飄過，他定眼一看，似乎是一個年約七至八歲的小孩子。黑仔望向他，他也望向黑仔，黑仔全身一震，因為從這名男孩的表情可以看出，他亦見到自己的存在。

## 火場中見黑影

「我見到佢，佢見到我，即係可以證明我唔係眼花啦。」黑仔自己同自己講，雖然證明自己無眼花，無精神失常，亦因為如此，更令人毛骨悚然。

黑仔望望左右，其他人視如不見，但陳政瑜卻望向小孩身處的角落，黑仔個心係咁跳，擔心陳政瑜被鬼騙，因為黑仔見到這名小孩只剩個影，但假使陳政瑜見一半唔見一半，真以為火場有小孩被困，以他盡忠職守的性格，就可能受鬼魂所害。

果然噩夢成真，黑仔沒有受騙，只當作看不見，其他同袍更加沒有反應，可是陳政瑜卻朝住小孩子的方向一步步走近，而那裡的煙火最勁，有如一個超級大火爐。

「唔好呀，佢唔係人嚟，你唔好信呀。」黑仔大聲提示，只可惜在火場之內，全是刺耳的雜音，以及烈火燒到卜卜爆的怪聲，將黑仔的聲音完全掩蓋。所以黑仔只能眼白白望住陳政瑜走向最危險的邊緣，隨時會被烈火所吞噬。

火場中雜亂不堪，噪音更為消防員的救援增添困難。

眼前的火煙更加熾熱，一重重火網罩來罩去，黑仔不能忍受灼熱，被迫向後退，而陳政瑜卻再未見出來。

## 天人爭戰考驗

等到其他增援的同袍趕至，以多條滅火喉灌救，才能打通一條生路，已見陳政瑜倒在地上沒有知覺。將他送到醫院，亦搶救無效。一場特大的四級火，又添一條冤魂，和死神爭奪生命的結果，隨時要陪上自己的性命。陳政瑜剛才救了徒弟蕭永方一條命，原來要付出如此沉重的代價，要換上自己的生命。

黑仔到今日為止，還是疑幻疑真，究竟自己當日所見，是真有靈異的怪事發生，還是自己反應過大，又或者眼花花看錯。因為在火場之內，正是兵荒馬亂的時刻，可能看錯了，見到斑斑駁駁的雜物，就以為是小孩子的面容，也不是沒有可能。

但是想到這裡，黑仔念頭又轉，回憶起出事時，除了他自己見到火海之中出現一名小童，他想起陳政瑜亦望住同一個方向，所以他猜想，是否陳政瑜在那時候和他一樣，見到不該見到的事？他曾經和石叔談及此事，石叔都叫他將一切放下，因為甚麼都成為既定事實，他所見的小孩是人是鬼，都不必追究。

有時黑仔反覆思量，每一次身陷險境，都是一次天人爭戰的考驗，他們也有軟弱的時候，但到了緊急關頭，只要有人受困，有人的生命受到威脅，明知道前面有難以估計的兇險，仍然義無反顧，天下間最危險的地方，便是他們揚帆的方向。

火場中潛藏無數危機，考驗消防員的智慧和勇氣。

# 消防緊急救援設備

除了進入火場所需的大量保護裝備及救人工具外，火場外的配合也非常重要。不幸處身火場的市民，有時會過份驚恐而自行躍出街外，此時緊急的救援設備大大提高生還的機會。

## 救生氣墊

【功能】

救生氣墊由堅韌的乙烯基加固塑料纖維製成。結構主要分為三個部份：低壓上層氣墊、緊急後備下層氣墊及兩部獨立風扇。充氣時間約一分鐘。它能安全地承接並吸收一個從高至十樓（30米）墮下之人的衝擊。

【規格】

- 充氣後體積：長6米 x 闊7.25米 x 高2.75米
- 重量：170公斤（氣墊連兩部風扇）

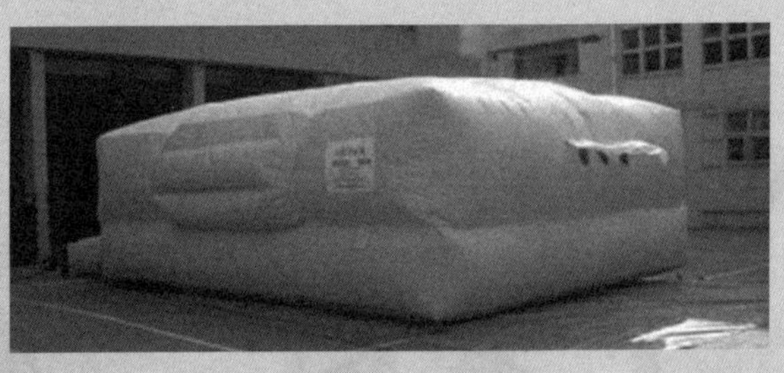

## 域嘉強力氣墊

【功能】

域嘉強力氣墊積能防靜電，防油污，不受塵埃及污物影響，更可長時間接受攝氏80度高溫。只有2.5毫米空間即可使用，在軟滑、凹凸不平或傾斜的地面，情況惡劣及提升車輛之脆弱部份，都可發揮理想之功效。用來救援在意外事件中被困人士，如交通意外、工業意外、塌樓、隧道、礦場或其他事件中使用。

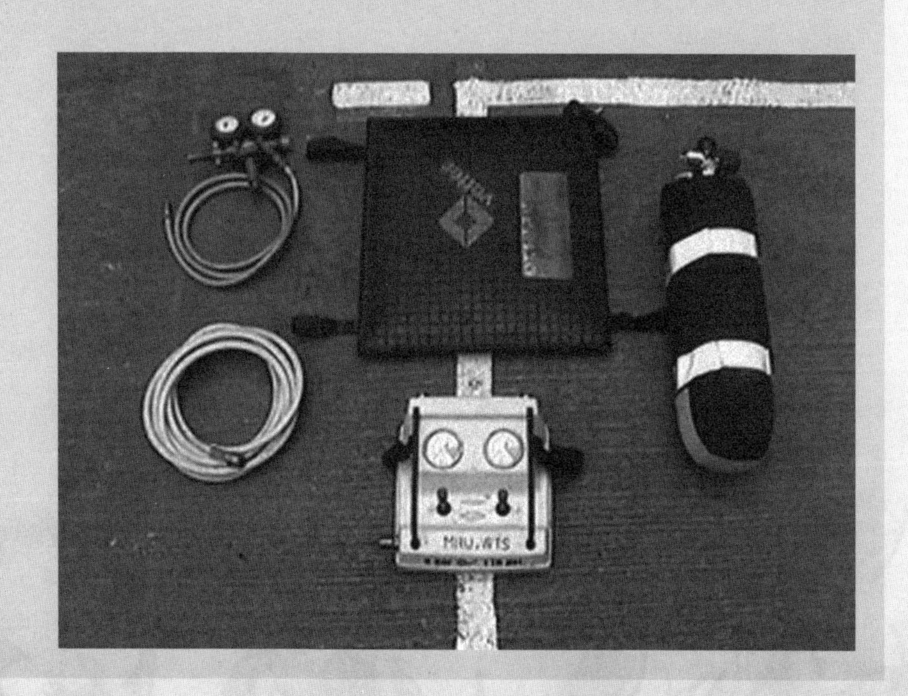

# 手提拖拉及吊重機

【功能】

提拖拉及吊重機是一套輕巧及利用控制杆拉動鋼索的搖曳拖吊機器。兩支控制杆-前進杆和後退杆可啟動鋼夾使鋼索拉動重物移動，鋼索向前或後移動須視乎使用哪一支控制杆。手提搖曳拖吊機適用於不同的使用方法例如吊重、穩固和拖拉物件。它的吊重能力為1,524公斤。

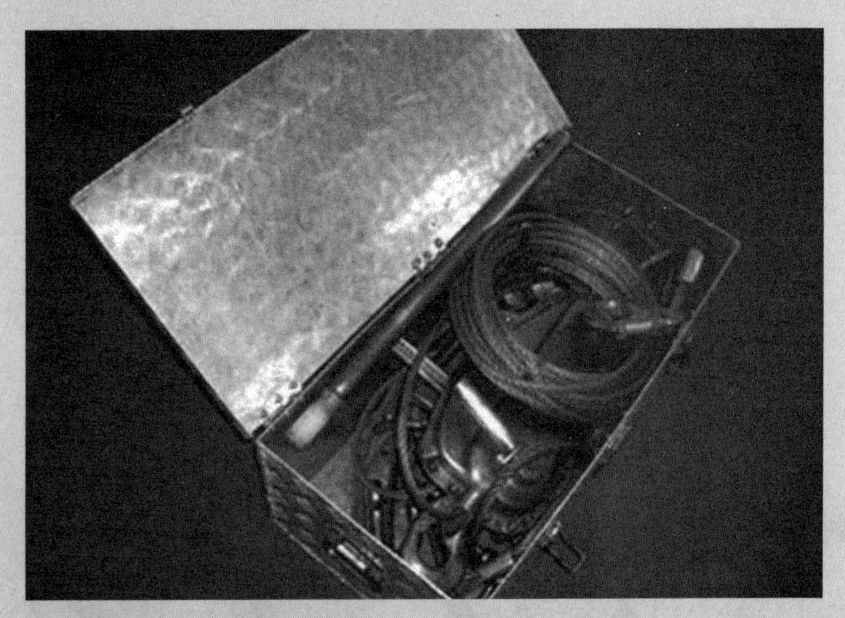

手提搖曳拖吊機

# 流動滅火支援車

【功能】

流動滅火支援車是一輛由油渣引擎驅動、遙控履帶式推進的滅火支援車。它載有一具35千瓦力鼓風扇，可調較30度，亦可由內置的360個噴咀射出水霧，射程超過60米。流動滅火支援車LUF60可以遙控方式進入行車/ 鐵路隧道、地庫或其他密閉建築物內的火災現場，以大量水霧降低現場氣溫，減弱火勢，以使滅火/ 救援隊伍安全地進入火場執行任務。

【規格】

- 體積：長2.30米 x 闊1.35米 x 高2.00米
- 總重：2,000公斤
- 引擎容積：4,086 c.c.
- 最大馬力：78kW/2500 rpm
- 最大坡度：30度
- 遙控：約300米範圍

*資料來源：消防處

# Case 10

## 嘉利大廈

# 地獄之門

DOOR TO HELL

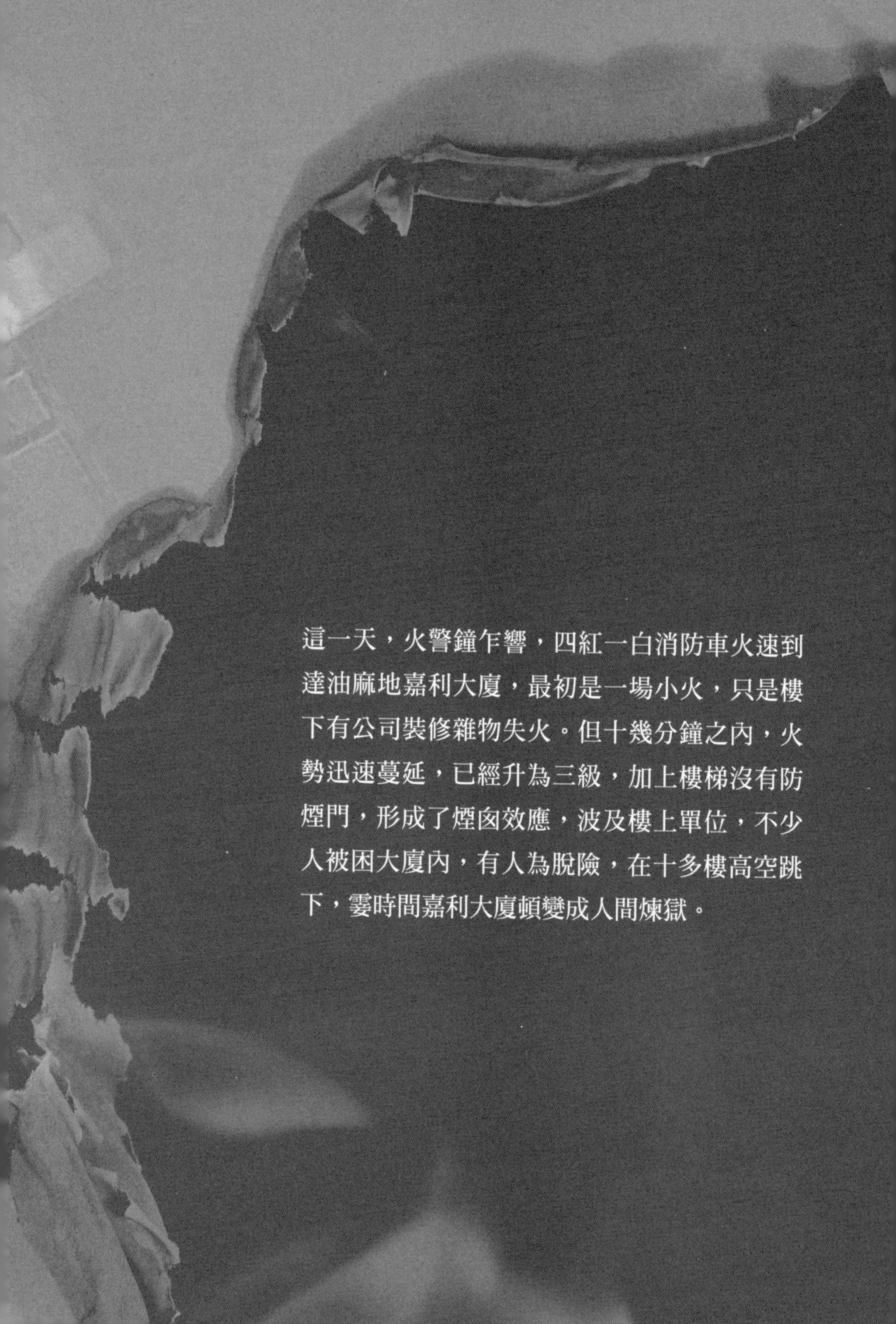

這一天，火警鐘乍響，四紅一白消防車火速到達油麻地嘉利大廈，最初是一場小火，只是樓下有公司裝修雜物失火。但十幾分鐘之內，火勢迅速蔓延，已經升為三級，加上樓梯沒有防煙門，形成了煙囪效應，波及樓上單位，不少人被困大廈內，有人為脫險，在十多樓高空跳下，霎時間嘉利大廈頓變成人間煉獄。

1996年11月21日，看似是一個普通不過的日子，但是這一天所發生的事，足以令到幾百萬香港人永世難忘。因為這一場五級大火，做成39人死亡，80人受傷，除了香港開埠之初所發生的馬場大火，燒死過百人之外，沒有任何一宗火警可以比擬。

任職消防隊目的廖熾鴻，不是一個多言的人，但是全消防局的人，都對他有最大的尊重，因為大家出生入死的經驗太多，明白到他是最值得信任的人，正如古人所講，可以生死相託。

在消防局之中，生哥一向對廖熾鴻佩服得五體投地，因為一起出生入死，過往有太多不可忘記的經歷，令到生哥相信，只要有廖熾鴻並肩作戰，他就會有無比的信心，好像多了層保護盾，能夠火裡來，水裡去，都不會皺一下眉頭。

## 雜物引發小型火警

這一天，火警鐘乍響，四紅一白消防車火速到場，廖熾鴻亦和生哥一起出發，嘉利大廈（現為佐敦薈）是一幢比較古舊的大廈，內有不少寫字樓和診所，亦有打金工場的庫房，雖說不是大火，但他們一到現場，生哥就有些不祥預感。

明明只是雜物失火，但頃刻之間，整條彌敦道已變成灰黑色，明明是大白天，卻像黃昏日落，最恐怖是濃煙特別大，有如置身恐怖片，令人內心忐忑不安。

他和廖熾鴻入到大廈，因為停電的關係，有如黑暗世界，就最初

濃煙迅速掩蓋整條彌敦道，白晝頓成黑夜。

報告所了解，這本來只是一場小火，是樓下有公司裝修，電工的火星波及易燃雜物，加上防煙門許多都未有關妥，形成了煙囪效應，火柱才可以迅速向上層蔓延。

## 身經百戰也心寒

本來生哥和廖熾鴻都是身經百戰，廖熾鴻沒有講甚麼，他一向做事都好小心，有「穩陣先生」之稱，既然見慣大場面，不應該被這種小火嚇怕，但在生哥心中，總是有點兒異樣，因為他覺得煙實在太濃，他的心一直在跳，生哥自問不是一個怕死的人，無理由今次會咁驚青。

「鴻哥，要小心啲，好似唔多對路，我覺得好唔妥，明明只係燒著雜物，但火場入面熱成咁，我個心好寒，真係怕有好恐怖的事發生。」

「唔好咁多心，總之兄弟一齊上，步步為營一定會無事。」廖熾鴻是那一種泰山崩於前而色不變的人，反過來安慰同袍。

這一場小火發展得很快，十幾分鐘之內，已經升為三級，樓上的住客最初相信最醒目的做法是安坐室內，慢慢等候消防員將火撲熄。但等了又等，愈來愈覺事不尋常，因為即便用濕毛巾塞住門隙，依然有煙滲入，令到呼吸困難。

高層單位首先起火，加上煙囪效應，火勢迅速蔓延。

## 滅火如殺毒蛇

有許多人開始驚惶失措，打開窗門向外求救，在馬路圍觀的途人以為是小火，可能仍猜不透他們何必咁緊張，但實際上大廈之內，已經變成一座超級大焗爐。

這一場火有如一條毒龍，變化多端，火柱轉來轉去，廖熾鴻和生哥在大堂內將及時走出來的住客疏散出大街，又要找出火源，他們一層層向上走，接近電梯槽時，見到火焰變成紫青色，顯然中心溫度極高。

有資深消防員講過，火有自己的生命，要將它撲滅，就好像要殺死一條毒蛇，一定要打蛇打七吋，正中它的要害，否則便會一直蔓延。

所以廖熾鴻一見到電梯旁邊有紫色的火柱，立即搶前開喉，希望可以將火源撲熄，免卻一場大禍，但當其時，室內停電，欠缺照明，

為求保命，居民不顧危險爬出窗外，博取一線生機。

加上濃煙密佈，平日人來人往的大堂，成為地獄一樣的鬼域，廖熾鴻大步衝過去，被雜物絆倒，突然間失去了蹤影，生哥只見他在自己面前忽然消失，嚇出一身冷汗。

## 濃煙中失足墮梯槽

「鴻哥，你喺邊呀？」生哥大叫幾聲，但毫無反應，他和其他幾位同袍，在鴻哥「消失」的地方搜查，才發現電梯早已升了上去，留下一個空洞洞的槽，剛才因為煙火太大，前面三步的地方也看不清，亦因此成為一個殺人陷阱，廖熾鴻衝前的時候，失足跌了落去。身處這種危險的情況，最穩陣的人都會遇上不測。

這時候，一場特大的火警已成形，整段彌敦道都要封鎖方便救火，消防處亦列作五級大火，超過三百名消防員到場。即使面對隨時被烈火包圍的危險，多名同袍都冒險將廖熾鴻由電梯槽內救出，但他身上有多處傷痕，雙眼微微張開，卻變成暗灰色，已經沒有生機。

廖熾鴻送到醫院，證實氣息停絕，包括生哥在內，見到一起出生入死的同伴遭遇不幸，難過得淚如泉湧。在大家心目中，廖熾鴻龍精虎猛的樣子太過深刻，一時間陰陽永隔，實在難以接受。

## 高空飛撲脫險

這一場特大的火警，來得非常突然，明明是一場普通不過的小火，卻因為維修電梯引起了煙囪效應，火勢迅速向上層蔓延，變成一次香港開埠以來極為罕見災難。

在這場慘劇，還有許多駭人的鏡頭，電視機的畫面多次見到有住客倚在窗邊，大聲向外呼救，但消防員架起雲梯，東撲西撲，都無法一一將他們救下來，有一位青年抓緊時機，本來雲梯已預備移到別的地方，這位青年貿然在十幾樓的高空，一下子飛撲下去，幸運地抓住雲梯的邊緣，及時逃出生天。

當其時，和他一起受困的住客，都大叫他不要冒險，擔心隨時會跌死，但這位青年不理勸阻，依然冒險一博，生死之間，買中了勝利的一注。

至於與他一起等待救援的十幾名男女，大家擁抱在一起，時間一分一秒地過去，火勢愈燒愈大，遠看有如一座火焰山，只見受困的男女通身起火、呼天搶地的駭人鏡頭，令人不忍卒睹。

當時港督彭定康亦到場視察。

## 流傳為救女子喪命

直到這場火被幾百名消防員合力救熄，到災場檢視，見到滿地人骨，如同地獄所描述修羅場，總共有39人死亡，80人受傷，而消防員之中，亦有消防隊長廖熾鴻不幸殉職，他因為跌入電梯槽失救。其實，無論環境幾咁危險，以廖熾鴻的經驗和穩重的性格，不少同袍都難以置信他會出意外，所以火場流傳多個恐怖的故事。其中的一個繪聲繪影，是說有一位消防員親眼見到近電梯槽，有一名穿白衫的女子向他們招手，這位消防員本來已預備衝前施以援手，但突然之間，他卻看見這名女子只有上半身，下身變成一團白煙，他感到好奇怪，才停下腳步。另一方面，廖熾鴻已大步上前，想將該名女子救出，但忽略了電梯槽正在維修，只留下一個大窿，他便踏錯腳跌下，就此枉送一命。

## 大廈丟空變鬼域

因為大火將嘉利大廈的結構毀壞，再不適宜居住，即使大火被撲熄，亦不能搬回上址，只有任由丟空，入夜之後，這裡便成為人間鬼域。

經過多年之後，無數大老鼠進駐空置的大廈，嚴重滋擾附近居民，當局為著一了百了，終於決定將大廈清拆，將所有恐怖的回憶，永久性地埋葬，希望世人逐漸將之淡忘。

經過大火洗禮的嘉利大廈，丟空十多年。

# 嘉利大廈變身潮流商場

嘉利大廈（GarleyBuilding）位於九龍佐敦彌敦道233號，約於佐敦道及彌敦道交界，建於1975年，是一座15層樓高的商住建築物。該廈於1996年11月20日發生五級大火，造成41死80傷。火災後，該大廈一直空置了七年，期間更傳鬧鬼。

直至2003年9月12日，大業主華潤創業成功統一業權，將該大廈拆卸，在2007年發展為銀座式購物商場「佐敦薈」（JDMall）。

該大廈樓高十一層，外設玻璃幕牆，是甚富時代感的建築物，JDMall地面至八樓皆為商場租戶，包括餐飲食肆，時裝店，潮流產品等商舖，而商場上的三層為寫字樓及醫務所。

據悉，發展商依據項目位處佐敦，故以英文Jordan（JD）為縮寫，取意為該區的新「地標」商場。

不過，當嘉利大廈發生慘劇後，曾有堪輿學家指當地會有二十年行衰運，但亦有指火燒旺地，影響不大。今時今日，現址已成為潮流指標，過去的不愉快事件，漸漸被人遺忘。

# 別章 火裡來，水裡去

2010年9月21日，凌晨0時58分，九龍油麻地避風塘附近的居民，被大火吞噬雜物的聲音所驚醒。

可能有人會奇怪，大火會發出聲音嗎？

但是可以告訴你，會，而且很大，像一頭碩大無朋的巨獸，將所有食物都擺放入口，然後用力咀嚼，發出磨牙一樣，極為難聽的聲響。

如果你有過走火警的經驗，又或者不幸地，家中曾經失火，自然會明白以上所講的事實。

今次出事地點是一艘大陸貨輪，起火的過程好突然，蔓延甚快，就好似數個照面的時間，一把鮮紅的火焰，便一下子升到半空，煨亮了天角。

負責灌救的消防船很快便到場，將起火的貨輪包圍，然後開喉撲救，多條水柱，像一枝枝透明的箭，水火相爭，捲起一條條黑煙。附近樓宇，有不少居民都好奇地探頭張望，救火英雄，永遠是動人的故事。

看了好一會，火焰竟然沒有減弱的跡象，更可怕的事情發生了，一聲、兩聲、三聲巨響後，出事的貨輪猶如戰艦，突然發生連串爆炸，火柱暴升，上到十層樓一樣的高度。火光閃了又閃，升起一團蘑菇雲，令人眩目當中，有一個錯覺，可能以為原子彈爆發。

貨輪爆炸，沖天濃煙形成一團蘑菇雲。

## 危險　跳海逃生

在混亂之中，有船員慌忙跳海，有人說，連上了貨輪救火的消防員，亦一樣要跳海，甚至有消防員叫救命。

這場大火燒了一晚，六名船員受傷，十二名消防員入院，當中有消防員的面部受傷，皮膚一塊塊溶下來，臉上出現了不協調、充滿怪異的陰陽色。

但更加怪異的事發生了，政府新聞處根據現場消防員提供的消息，向全港傳媒發出一段新聞稿，清楚指出這場大火在清晨5時59分已經被撲熄。可是在半小時之後，這艘大陸貨輪，居然又發出爆炸。

究竟是死灰復燃？還是現場擺了一個「大烏龍」？明明未救熄，卻發出錯誤的訊息，令人感到不夠專業。

再且研究下去，可能看出有兩個問題，第一、消防員被視為救火英雄，理應泰山崩於前而色不變，怎麼可能遇上危險的時候會叫救命？第二、消防員坐在救火船上面，只要開喉灌水便可以了，遲早都會救熄，何必犯險走上了出事的貨輪，結果在連番爆炸中，除了六名船員受創之外，另有十二名消防員受傷。

講來講去，矛頭只有一個，就是香港的消防員，仍然未夠專業，與大眾的期望有相當大的落差。

在過去，無數次的凶險事故中，大家都見到香港的消防員火裡來、水裡去，總會做出最正確的決定，令人有足夠的信心，但是今次，怎會連番失誤？

是人為疏忽？

是指揮失當？

抑或是香港消防員的真正實力仍「未夠班」？

要找出真相，只能在事實之中去找。

明明已「撲滅」的火神奇地「死灰復燃」？

# 火船大爆炸

出事的貨輪是粵海638號，長58米、重901噸。運載廢料和廢紙，目的地是肇慶。

本來，這艘貨輪要起程，但當晚香港遇上颱風，貨輪被迫停留，便停泊在油麻地避風塘，卻在凌晨時分失火。

這場火起得很快，船倉首先噴出火花，船員驚醒之後，用滅火筒嘗試撲救，但毫無用處，火勢蔓延的速度極不尋常，很快分成幾條火路，還有類似爆炸的異響。

究竟火勢有多快？無論怎樣去形容，都不及實際所見這樣準確。六名船員本來努力救火，卻見形勢不妙，大火愈燒愈厲害，快要「燒埋身」，這六名船員全部受傷，為了逃生，沒時間去找甚麼救生筏，而是一個接一個，狼狽地跳海逃生，留下一艘「火輪」，大火照亮了夜空，原本黑茫茫的大海，變成了恐怖的血紅色。

消防處接報，在十分鐘內，已有七艘消防船趕到，將出事的貨輪包圍，開動多條滅火喉。

曾問過數名目擊者，他們的口供一致，就是消防員在救火期間，本來只是坐在消防船上面射水，看來火勢已受控制，卻有十幾名消防員爬上貨輪，調查起火的原因。

起初是沒有問題，問題出在他們一上去，貨輪卻在毫無先兆之下，發出幾聲大爆炸，火柱突然升高，一下子上到十層樓的高度，整個西九龍的居民，如果還未入睡，相信都可以見到這幕奇景，在原本平靜的海面，升起了一條怪異的火龍，火舌亂吐，好像要跳出一場幽靈的舞步。

## 目擊者：消防員叫救命

這場突如其來的大火和大爆炸，可能出現毀滅性的效果，剛才登上貨輪的消防員怎樣了？

「我聽見有人叫救命。」

「我見到有消防員在大爆炸之中，被震落大海。」

爆炸的火花照亮了整個避風塘。

數名目擊者，都自稱看到以上的情節，他們都表示，一直對香港消防員的印象良好，認為比得上世界第一流的水平，但是經過今次事故，對消防員的應變能力，打了一個折扣。

他們的意見，大致歸納為幾點，對於消防員叫救命，感到有點難堪，覺得心目中的英雄人物，不應該像常人一樣，有懦弱的反應。另外，他們又認為消防員無事找事做，索性坐在消防員射水便可以了，何必要走上貨輪上面犯險。再者，即使要上船，都要問清楚船員，船上所載的是那一類貨物，預先有心理準備，就不會因為驟然的大爆炸，使到有十二名消防員受傷。

## 敬重　不怕灼熱的人

其實，全港市民最不解的地方還有一點，就是政府新聞處發出了新聞稿，明明白白講出已經將火撲熄，但在半小時之後，又再發生爆炸。

這段消息，全港多份主要的報章都有刊登，人同此心，都會覺得裡面好混亂，而且糊塗百出，未撲熄，當作撲熄，怪不得有這麼多人受傷。

說到這裡，暫時轉移一下話題，既然找到目擊者，自然不會放過機會，要他們仔細描述救火時候的實況。他們都一致質疑，今次處理手法上有紕漏。還以為，應該有很大機會，減低了他們過往對香港消防的敬重心理。

我完全看錯。

「他們絲毫不怕危險，即使在貨輪未發生爆炸之前，已經變成一艘火船，我和它距離有幾百米，都感到灼熱，要遠遠避開，但是一個個消防員，相繼跳上貨輪，我見到這種場面，與自己無關的事，也感到陣陣心寒。」

當夜更計程車司機的梁昭，在貨輪出事時本來駕車經過大角咀，遠望見到有一艘貨輪失火，半邊天都煨紅，好奇心驅使，連生意也懶得去做，開車到油麻地湊熱鬧，正好見到消防船包圍貨輪，開動多條滅火喉，看來火勢已被控制，但依然好凶險。

「我以為他們會繼續開喉灌救，直至完全撲熄為止，未想到有多名消防員，居然會冒險上船，我都睇到心臟猛跳，因為火場的溫度太過高，像一個大火爐，我站至很遠，仍感覺到面上冒汗，皮膚亦有灼熱的感覺。要我走近多一步，我都不願意，何況要我上船？打死也不肯這樣做。」

梁昭做了計程車司機多年，以為自己見多識廣，但是這麼多消防員上船救火，他也摸不著頭腦。他以為，只要在安全距離下開喉灌救，便可以完成任務，沒有必要要冒險上船。

## 疑團　為何要冒險登船

所以他完全認同上船的消防員個個都是勇士，在心底內，或多或少認為他們只是愚勇，犯不上將自己的生命開玩笑。

「我也不知道自己是否想得正確，但我見到他們一個個跳上船，在那一刻，我以為他們想在市民面前賣弄自己的勇敢。否則開喉救火便可，何必要上船呢？」

有這種想法，並不止梁昭一個人，住在附近的李先生，亦認同他的意見。李先生在露台湊熱鬧，一直見到火勢由大變小，又由小變大，變化莫測，他感到這場火絕不簡單。

一直以來，油麻地避風塘有不少大陸貨輪停泊，大多數都是運載廢紙，是次失火，來得太急太猛，李先生認為，貨輪上面所運載的貨物，不似是廢紙這樣簡單。

整個九龍的居民都被爆炸驚醒，在遠處亦彷彿感受到迫人熱力。

「我一有這個念頭，就見到多名消防員上船，我又無辦法將自己的想法通知他們，只有乾著急。當其時，火勢較為減弱，但我相信，這只是蠱惑的火，是一個駭人的陷阱，引誘消防員上船，便會突然發惡。」

李先生形容，心中升起這個不祥的念頭不久，亦即是消防員上船未夠幾分鐘，貨輪上便傳出幾聲暴響，儼如電影中的霸王龍發動攻擊前的怒吼，震到耳鼓隱隱作痛。

「突然幾下大爆炸，火勢本來是三層樓高，忽然間變成了十層樓的高度，火柱的頂端又爆開，有如噴射煙火，射到上半空，多條煙柱，好像龍捲風的形狀，不斷扭來扭去。我在想，今次慘了，上了船的消防員會遇上甚麼樣的危險？就在這時，我見到有幾條黑影飛落海面，我自己估計，應該是船上發生大爆炸，產生了強烈的氣流，將多名消防員震落海。」

李先生的形容好生動，可能與他任職地產經紀，日常慣用說話有關。他又表示，在爆炸聲中，聽見有人叫救命，由於船上只有消防員，他有理由相信，是遇險的消防員發出求救。

「我覺得有點尷尬，因為我以為消防員是勇士的化身，只有他去救人，絕少要等人救，何況要叫救命，所以心中有點酸，亦替他們感到難過。」

但是李先生補充一點，他和梁昭一樣，都認同以當時情況，消防員沒有必要上船救火，弄出了大件事。

## 停止增援　不等如「救熄」

不過，李先生和梁昭的意見一致，亦認為消防員的勇敢指數，可以達到頂點，因為以當時的危險程度，可算高至「爆燈」，李先生身處幾百米外的露台上，下意識感到危險，亦要微微向後傾。但眼前的消防員，卻像吃了豹子膽，一個接一個上船，沒有半分遲疑，這顯然是訓練有素，而且有強烈的責任心，才可以有這種勇氣，衝向最危險的核心。

「勇敢是勇敢，在這一方面，我們沒有質疑，只是有一點奇怪，無端端走上貨輪救火，有甚麼目的？如果只是為了表現出勇敢，作為一種表演，我就覺得好無謂，無理由去送死。」李先生提起見到有消防員被震落大海，都搖搖頭，有一份難言的傷感。

其實，除了消防員走上貨輪救火，被外人質疑是否有此必要，還有另一件烏龍事，被傳媒大肆報道，就是政府新聞處在清晨5時59分，向各大傳媒發出一項消息，　指出油麻地避風塘的三級大火已經救熄，但在半小時之後，貨輪又傳出了爆炸聲，究竟發生了甚麼事？香港消防員一向表現穩定，令人極有信心，何以在今次事件，接二連三發生失誤？

在救火時間的問題上，消防處處長盧振雄已經迅速作出解釋，他指出，消防處所講的字眼，是停止增援的意思，只是外間不認識，才有會錯意，以為是將火勢完全撲熄，所以嚴格來講，這不是擺烏龍，而是一種誤解。

至於消防員何以要上船的指摘？解鈴還須繫鈴人，隨後找來一位當日有份在油麻地避風塘救火、資深消防隊目琦哥，向他請教。

琦哥淡淡然地解說：「我們所用的英文原稿，字眼是stop mobil-ising，不等同put out，純粹是通知總部停止增援，並不是救熄，只因為翻譯上出現了誤差，才有傳媒機構誤以為在清晨5時59分已經被救熄，卻在半小時後又有一聲爆炸，以為我們辦事不力，明明未救熄，卻要報大數表示救熄。又以為這是一條大新聞，所以搞到街知巷聞。」

## 造成六名消防員燒傷

琦哥強調，這不是一個大問題，甚至根本不算是問題，因為清者自清：「得啦！內行人一看便明白，只有外行人才會誤解。」

琦哥此言即時令人頓悟，要他們再解明也是浪費時間，也沒必要，事關根本無人犯錯，只是外間有所誤解。

然而，世間上明白的人多，還是不明白的人多呢？

說到消防員叫救命，琦哥的反應好奇怪。

「我們有隊員叫救命？何以我一直走到最前線，都沒有聽到過。不單止在這一次，我做了消防員二十多年，見盡無數大大小小的場面，記憶上，都未有聽過消防員叫救命這樣新鮮的講法。」

消防員即使有頭盔保護，仍被高溫炙傷皮膚。

看來，琦哥好介懷消防員呼叫救命的舉動，事實上當一個人處於極度危險的境界，呼叫救命，不過是平常事，也是人之常情。

實在，這場三級大火，除了有六名船員受傷之外，共有十二名消防員受傷，包括一名高級消防隊長，五名消防隊目，六名消防員，其中一名消防隊目，有接近一成皮膚燒傷，面部嚴重受創，有毀容的危機，有同袍到醫院探望後向表示，這位隊目的頭面腫起，相信還有一段漫長的治療時間，需要長期穿上壓力衣，身心都要忍耐。

## 目的　為拯救生命

明知船上有危險，何解還要冒險登船撲火？何不選擇從遠處射水上船，一樣可以完成任務，避免有消防員受傷。

琦哥表示，答案很簡單，為的是保護市民的生命財產。「任何一艘船，都有一定的載重極限，如果過了極限，即時會沉沒，你以為我們無事找事幹？假如我們不斷射水，在火勢撲熄之前，這艘貨輪已經下沉，所以我們要保護所有人的財產，寧願冒險上船救火，盡量減少射水，這樣一來，同樣可以救火，又不會損失一艘貨輪，至於發生大爆炸，我們也始料不及。」

原來這樣，消防員要保護財產，自己冒上極大的危險，還要蒙受外界的指摘。

為此，對他們受到的批評感到叫屈。

琦哥續道：「生命是我們的，你以為我們會不要命嗎？我們在上船之前，找過六名船員，他們對貨物的事所知有限，我們直接找過船主，他三番四次表示，所載的貨物，全部都是廢紙，我們才放心上船救火。當然，事實所見，既然發生大爆炸，在廢紙堆中，一定夾有化學品。這種情況，可能連船主亦不知情，可是我們也無可奈何，做得消防員，便要有心理準備，分分鐘會遇上危險。」

琦哥的語氣平淡，受到外間無理的責問，好像雲淡風輕，過後不留痕跡。

只有我的思潮起伏不定，他們冒上生命危險，卻被人誤會為了表演，有點像日本已故電影大師黑澤明所拍的一齣戲《七俠四義》，幾位俠士為了保護村民，與山賊作戰有死有傷，行俠仗義之後，在大度蒼茫之中，村民沒有講過一句多謝。

做了應做的事，他們同樣沒有說過一句話，便飄然而去，胸襟廣有無限的包容，不管是熾熱的火海，還是非常的屈辱。

# 消防車輛知多點

消防處承諾為市民提供快捷服務，訂定電喚後在六分鐘內抵達鬧市等密集地區的目標，若屬樓宇分散或偏遠地區，會在九至二十三分鐘內抵達。

同時，消防處因應不同火警程度，調派合適的消防車輛盡快抵達火場。有關車輛種類繁多，分別如下：

## 旋轉台鋼梯車（TL）

現有的52米旋轉台鋼梯車，由電腦控制，設有吊重設備及輕型救生籠。後車身以組件裝嵌而成，有四個儲物櫃，每邊兩個。

**【功能】**

執行高空的滅火和救援行動。

# 泵車（MP）

採用典型的三廂設計，設有七個車艙，各裝有一個可由單人開關的捲閘。這部車基本上是符合Join Committee of Design & Development「B」類規格的供水車，屬於消防處的主要裝備。

泵車必須堅固耐用，所以傳統上採用Dennis車身底盤，並特別把所有車身底盤的構件都裝置在車上。經過多年發展，泵車的車輛總重量已由之前的11,700千克增至目前的14,500千克。

【功能】

主要功能是為前線人員提供水源。可從內置水缸、街井或任何開放水源輸水。

# 油壓升降台（HP）

消防處現有三款不同的油壓升降台。其中一款採用Dennis車身底盤，這款油壓升降台的車種設計大同小異。另外兩款則採用Scania車身底盤，兩者的分別在於使用泡沫的效能。油壓升降台一般有三個間隔及六個儲物櫃，每邊三個。

【功能】

執行高空的滅火和救援行動。

## 前線指揮車（FCC）

前線指揮車專為現場總指揮官而設，現場總指揮官通常由助理消防區長擔任。前線指揮車採用Isuzu Trooper型號車款，可第一時間應付火警，並備有先進的通訊設備。

【功能】

在嚴重火警或事故中用作初步的火警事故現場指揮中心。

## 流動指揮車（MCU）

這是作專門用途的消防車，供調派及通訊組人員使用，支援在事故現場所採取的行動。這部車採用貨車或巴士的車身底盤，設有多個車艙，供無線電通訊、監察事故現場和舉行會議之用。

【功能】

在嚴重火災或事故中用作現場指揮中心。

# 照明車（LT）

這配備發電機、泛光燈和安裝於伸縮桅桿的照明機，是一輛作專門用途的消防車。

【功能】

在行動中作照明用途，以及為照明系統、各類工具及設備供電。

# 潛水裝備供應車（DT）

潛水裝備供應車基本上是一部採用車艙底盤的密斗車。

【功能】

在潛水工作中提供後勤與行動支援。

# 司落高（SNKL）

設有架空平台。司落高SS263及司落高SS300的後車身地台低，並有4個儲物櫃。兩個型號的分別只在於工作高度不同，是作專門用途的消防車。

【功能】

執行高空的救援行動。

## 53米梯台車（ALP-53）

梯台車是高空裝備，類似大型司落高，但其伸縮吊臂旁設有一張伸縮梯。除了一個伸縮主臂和一個鉸接上臂外，隊員艙後面的平台配備一個救生籠，可在53米高空操作。

【功能】

執行高空的救援行動。

## 輕型消防車（LFA）

車身矮和短小的四輪驅動輕型消防車，適合在一些崎嶇不平和狹窄的村路上使用。除配備一些基本的減火和爆破工具外，更裝配有一套快速減火系統及一部輕型手提泵。

【功能】

在大型消防車無法到達的地區執行減火及拯救行動。

## 呼吸器櫃

此呼吸器櫃配備了一系列的呼吸器、後備氣樽及探測器。當遇上火警需要增援時或懷疑發生核生化污染事故時，這呼吸器櫃會被一輛運輸卡車運送到現場。

【功能】

為現場的搜救工作作出支援及提供有關的探測儀器。

*資料來源：消防處

看得喜 放不低

創出喜閱新思維


| | |
|---|---|
| 書名 | 火海豪情 消防員 Fire Fighters |
| ISBN | 978-988-79714-2-9 |
| 定價 | HK$88 |
| 出版日期 | 2019 年 10 月 |
| 作者 | 突發組豪哥 |
| 責任編輯 | 麥兆平 |
| 版面設計 | 陳沬 |
| 出版 | 文化會社有限公司 |
| 電郵 | editor@culturecross.com |
| 網址 | www.culturecross.com |
| 發行 | 香港聯合書刊物流有限公司<br>地址：香港新界大埔汀麗路 36 號中華商務印刷大廈 3 樓<br>電話：（852）2150 2100<br>傳真：（852）2407 3062 |

認識文化會社